암군귀환

晉在歸還

암군귀환
暗君歸還錄 8

초판 1쇄 인쇄일 2017년 3월 2일 ∣ **초판 1쇄 발행일** 2017년 3월 6일

지은이 용우 ∣ **펴낸이** 곽동현 ∣ **담당편집 팀장** 이범수
편집부 신연제 이윤아 홍현주 김유진 조서영 임소담

펴낸곳 (주)조은세상 ∣ 출판등록 제 2002-23호
주소 경기도 연천군 미산면 청정로 1355
TEL 편집부 02)587-2966 ∣ FAX 02)587-2922
e-mail bukdu@comics21c.co.kr

ⓒ용우 2016
ISBN 979-11-5832-904-4 ∣ ISBN 979-11-5832-658-6(set) ∣ 값 8,000원

용우 신무협 장편소설

ORIENTAL FANTASY STORY

암군귀환

暗君歸還

⑧

북두
(주)조은세상

CONTENTS

NEO ORIENTAL FANTASY STORY

暗夜之墓歸 77章

晴春歸還

77 章

　"…이로서 정도맹 산하 직속 무력단체의 개편에 대한 설명을 마치겠습니다."

　신묘의 장시간에 걸친 설명이 끝나고 자리에 앉았음에도 불구하고 누구하나 입을 열지 않는다.

　대회의장을 가득 채운 사람들 전부가.

　그만큼 신묘가 세운 개편 안은 파격적이다 못해 충격적인 것이었고, 순간적으로 사람들의 머리를 뒤죽박죽으로 만들기에 조금의 부족함도 없었다.

　"아무런 반대가 없다면 승인을…."

　"자, 잠시 만요!"

"기다리십시오!"

느긋하게 상황을 살피던 검제가 승인을 완료하기 위해 입을 열자 그제야 정신을 차린 사람들이 빠르게 검제의 말을 막아서고 나선다.

"이번 개편에는 문제가 많습니다!"

"맞습니다! 아무리 일월신교 놈들을 코앞에 둔 상황이라고 하나 이런 식의 개편은 아니라고 생각합니다."

"옳습니다!"

여기저기서 번잡하게 튀어나오는 말들.

"시끄럽군."

우웅— 웅!

내공을 실은 검제의 목소리가 대회의장을 휩쓸고.

귀를 움켜쥔 자들이 움츠러든다.

"한 사람씩 제대로 이야기를 해보도록."

검제의 강압적인 태도에도 누구하나 쉬이 나서지 않는다. 하지만 이대로라면 신묘의 뜻대로 일이 진행될 것도 사실.

결국 눈치를 보다 자리에서 일어선 것은 청성의 장로였다.

"우선 신묘 군사의 의견은 잘 알았습니다. 허나, 그 계획에는 문제점이 한 둘이 아닙니다. 당장 출신을 가리지 않고 실력만으로 무력단체를 나누게 되면 당장은 뛰어난 힘을 소유하게 되는 것처럼 보이지만, 내부적으로는 쓸 수 없는 상태일 것입니다."

"호? 왜지?"

"손발이 맞지 않기 때문입니다. 당장 일면식도 없는 자들이 한 둘이 아닐 텐데, 그들과 손발을 맞출 시간이 어디에 있겠습니까? 당장 적들이 코앞에 있지 않습니까!"

청성 장로의 말에 꽤 많은 이들이 동의하며 고개를 끄덕이지만, 대부분은 대형문파의 무인들이었다.

그 중에는 구파일방과 오대세가 출신의 장로들도 있었다.

재미있는 것은 그들 중에 소림과 무당의 장로 역시 있다는 것이다.

신묘의 눈에 순간 기광이 스쳐 지나가지만 금세 사라지고.

"그 점은 충분히 고려하고 있습니다. 하지만 본맹에서 확실한 무기를 손에 쥐고 있어야 한다는 사실 역시 변하지 않습니다."

"그렇다고 해서 정도맹을 구성하고 있는 무력단체 전체에 대한 재구성이라는 것은 너무 과한 것이 아닌가 싶습니다. 차라리 새로운 별동대를 구성하는 편이 더 낫지 않겠습니까? 오래전에도 이런 문제가 발생했을 때, 별동대를 구성했던 것으로 알고 있습니다."

"저 역시 알고 있습니다. 하지만 눈앞의 적이 적이니 만큼 별동대로는 제대로 된 무기가 될 수 없습니다. 가장 완벽한 패를 손에 쥐지 않고선 저들과 제대로 된 싸움을 벌일 수 없습니다."

"군사께선 놈들을 너무 과하게 평가하는 것은 아닌지 모르겠습니다."

"과하다라…."

그의 말에 신묘가 턱을 쓰다듬으며 웃는다.

하지만 그것만으로도 충분했다.

"이번 싸움에서 선두에 서는 것은 청성으로 하지."

"매, 맹주!"

"놈들을 과하게 평가하고 있다는 말은 자신감에 넘친다는 또 다른 표현이지 않은가? 부디 청성에서 이 일을 맡아주면 고맙겠군."

검제의 말에 청성 장로는 아무런 말을 할 수 없었다.

그것도 잠시.

당황한 기역이 역력한 얼굴로 그가 재빠르게 입을 연다.

"그, 그것은…!"

"뭔가? 그 정도도 책임지지 못하면서 그런 말을 한다는 것인가? 이거… 실망이로군."

"하, 하지만 본파의 힘만으로 일월신교를 상대하는 것은…."

잔뜩 주눅이 든 청성 장로.

기세 좋게 말하긴 했지만 실제로 청성의 힘만으로 일월신교를 막아선다는 것은 자살행위와 다를 것이 없었다.

당가가 그렇게 허무하게 무너졌다.

물론 당가가 이전과 달리 큰 힘을 유지하지 못하고 있었음이 나중에 들어났다곤 하지만, 놈들이 보여준 힘은 결코 무시 할 수 있는 것이 아니었다.

아니, 온전한 힘을 모은 청성이라 하더라도 놈들을 막아낼 수 있을 것인지에 대해선 확신 할 수 없었다.

'애초에 그 정도의 힘 밖에 가지고 있지 않았다면 모습을 드러내지도 않았겠지.'

한심스런 그의 모습을 보며 검제가 입을 열려고 할 때 한 사람이 일어섰다.

"청성만으로 놈들을 막는 것은 어려운 일입니다. 물론 청성장로께서 약간의 실수를 한 것은 사실입니다만, 그것으로 청성의 수많은 무인들을 전선에 내몬다는 것은 있어선 안 될 일입니다."

"호?"

"게다가 이번 계획안이 잘 된다면 다행이지만, 조금이라도 손이 맞질 않을 경우 어디까지 손해를 보게 될 것인지 상상조차 할 수 없습니다. 차라리 지금의 체계를 유지하면서 새로운 별동대를 하나, 둘 정도 구성하여 움직이는 것이 더 나을 것 같습니다.”

청성 장로를 대신하여 자리에서 일어나 말을 한 것은 무당 장로.

태을장 가릉도장이었다.

검이 득세하는 무당에서 장법 하나로 장로의 자리에 오르며 그 실력을 뽐낸 자로서 무림에서도 이름이 높은 자였다.

누가 들어도 가릉도장의 말은 일리가 있는 것이기에 동조하는 이들이 늘어간다.

그런 분위기를 읽은 것인지 그가 재차 입을 열었다.

“분명 변화는 필요로 합니다. 하지만 그것이 지금일 필요는 없다고 봅니다.”

“옳습니다.”

“저 역시 그리 생각합니다.”

여기저기서 찬성표를 내던지는 사람들.

결국 이날의 회의는 딱히 결론을 내리지 못하고 파했다.

달칵.

찻잔을 내려놓는 신묘의 얼굴은 더 없이 밝았다.

자신의 계획이 저지되었다곤 믿을 수 없을 정도로 밝은 얼굴이다.

“생각보다 빠르게 잡아 낼 수 있을 것 같습니다.”

"그렇게 보이긴 하더군. 이제까지 저런 놈들을 코앞에 두고서 왜 몰랐던 것인지 이해를 할 수가 없군, 그래."

신묘의 말에 검제가 피식 웃으며 말을 받는다.

오늘 있었던 회의에서 이야기 한 것들은 실제로 신묘가 계획을 하고 있고, 얼마 지나지 않아 진행을 할 사항들이다.

이를 위해서 믿을 만한 문파들에게선 충분한 동의를 비밀리에 구한 상태고.

다시 말해 오늘 회의에서 반대가 많았다 하더라도 결국 신묘의 뜻대로 될 수밖에 없는 일인 것이다.

그럼에도 불구하고 그가 이야기를 꺼낸 것은 정도맹에 가득한 사람들 중 간자를 가려내기 위해서였다.

특히 대회의장에 들어설 수 있을 정도라면 정도맹의 핵심이라 부를 수도 있는 자들.

큰일을 벌이기 전에 내부의 적들부터 잘라내는 것은 아주 당연한 일이고, 그것을 해결하기 위해.

"자네에게 도움을 청한 것이지. 돌아오자마자 쉬지도 못하게 하는 것 같아 미안한 일이지만."

"괜찮습니다. 충분히 쉬었거든요."

달각.

찻잔을 내려놓으며 신묘의 말을 받은 것은 휘였다.

어느 사이에 정도맹의 심처라 할 수 있는 맹주의 거처에 사람들의 눈을 피해 숨어 들어와 있는 것이다.

미묘하지만 이전과 확연히 달라진 모습에 처음에 놀랐고, 이후엔 휘에게서 조금도 느껴지지 않는 기운에 소스라치게 놀랐다.

이전의 휘를 만났을 때는 그래도 어렴풋이 느껴지는 뭔가가 있었는데, 지금은 전혀 그런 것이 없었다.

짧은 시간이 이렇게까지 강해지는 것이 가능한가 싶기도 하지만 신묘는 곧 그러려니 하고 넘겼다.

때론 말도 안 되는 일이 벌어지곤 하는 것이 무림이고, 휘와 같이 단시간에 성장하는 이들에게 천재(天才) 혹은 괴물(怪物)이라 부르지 않던가.

휘 역시 그런 범주에 들어간 사람이라 생각하자 편해진 것이다.

정작 처음 휘를 인정했던 검제는 크게 놀랐었지만.

"다시 봐도 놀랍군. 정말… 이젠 나도 상대가 되지 않겠어."

쿨럭!

"그, 그 정도 입니까?"

검제의 말에 차를 마시다 말고 사례가 들린 신묘가 다급히 묻자, 검제는 묵묵히 고개를 끄덕여 준다.

순수하게 검제는 감탄하고 있었다.

이전에도 나이에 비해 강해도 너무 강하다고 생각했건만, 이젠 자신과 차이가 벌어지고 있지 않은가?

'내 안에 욕심이라는 놈이 크게 남아 있었다면… 크게 질투했을 지도 모르겠군. 허허!'

속의 말을 밖으로 내진 않았지만 그 말대로다.

스스로 마음을 다스릴 수 있는 경지에 오르지 않았다면 휘를 상대로 상당한 감정 소모를 할 뻔했다.

"자네가 어떻게 생각할지 모르겠네만, 당분간은 그 실력을 쉬이 드러내지 않는 것이 좋겠네. 속이 좁은 놈들이 한둘이 아니라서 말이야."

"굳이 드러내고 다닐 생각은 없습니다."

"흐… 내가 그래서 자네를 좋아하는 거지."

당연하다는 듯 대답하는 휘를 보며 검제는 피식 웃었다. 당당하면서도 주위를 살필 줄 아는 눈을 지닌 휘를 검제는 상당히 좋게 보고 있었다.

하긴 그렇지 않았다면 지금까지의 관계 자체가 존재하지 않았을 테다.

"그래서 어느 쪽부터 시작하면 되겠습니까? 언제든지 움직일 준비는 끝이 났습니다."

휘의 물음에 검제의 시선이 신묘를 향하고.

"아직 생각 중이네만… 아무래도 한 사람씩 처리를 하는 것보단 한 번에 처리를 하는 것이 나을 것 같다는 생각이네. 도망치는 놈들도 있을 수 있는 문제고."

"좀 더 준비를 할 시간이 필요한 모양이로군요."

"아무래도 그렇지."

휘의 말에 신묘가 고개를 끄덕이며 동의한다.

간자라곤 하지만 외부에 당장 밝힐 수 있는 사항이 아니기 때문에 제법 많은 준비를 필요로 했다.

특히 놈들에 대한 확실한 증거를 잡는 것이 중요했다.

증거도 없이 처리했다간 거센 후폭풍을 맞을 테니까. 자칫 정도맹이 무너질 수도 있는 일이고.

"얼마나 걸리겠습니까?"

"증거를 수집하는데 공을 들이곤 있지만 워낙 은밀하게 움직이는 통에… 괜찮다면 도움을 줬으면 하네. 내가 움직일 수 있는 인원에 한계가 있다 보니 어쩔 수가 없군."

한숨을 내쉬는 신묘.

군사의 자리에 오르며 믿을 수 있는 자들을 추려 자신만의 정보체계를 꾸리긴 했지만, 그 인원에 한계가 있었다.

특히 내부의 일을 처리하려고 하다 보니 실력도 있어야 하는 일이라, 쉽지가 않았다.

휘 역시 어느 정도 짐작하고 있었던 일이기에 흔쾌히 고개를 끄덕였다.

"얼마든지요. 그렇지 않아도 미리 명령을 내려놓은 상태입니다. 증거가 수집되는 대로 집무실로 조용히 가져다 놓을 겁니다."

"나보다 자네가 군사 자리에 더 어울리겠어."

"시켜주신다면야…."

"이런! 함부로 농을 던질 수도 없겠어!"

"하하하!"

"허허허!"

휘의 농담에 세 사람 간의 분위기가 밝아진다.

❖

톡, 톡, 톡.

왼손에는 한 장의 서류를 들고, 오른손으론 규칙적으로 자신의 허벅지를 두드린다.

뚫어져라 바라보는 서류.

벌써 반 시진을 보고 있다.

빼곡하게 채워진 보고서라곤 하지만 반 시진이나 공을 들여가며 읽을 만한 것은 아니었지만, 장양운은 마치 홀리기라도 한 듯, 한 장의 서류에 정신을 팔고 있었다.

그러길 잠시.

"이거 참… 곤란하네."

끼익.

서류를 책상 위에 내려놓고 의자에서 일어선다.

피곤한 눈을 비비며 창가로 이동하는 장양운.

밤이 깊은 곤륜.

일월신교의 많은 무인들이 자리를 옮겨 이곳으로 왔지만, 아직도 오지 못한 자들이 더 많다.

지금이야 숨을 고르는 중이지만 일단 움직이기 시작하면 거침없이 움직일 준비를 마친 일월신교.

"단순히 실패로 분류를 하기엔… 찝찝하단 말이지."

방금 전까지 들여다보고 있던 것은 감숙에서 올라온 보고였다.

중원 무인들을 뿌리에서부터 흔들기 위해 준비했던 계획 중 하나가 실패로 끝났다는.

물론 신교 내에서 제법 실력이 있던 흑랑이 직접 이끌던 곳에서 사고가 벌어진 것은 의외의 일이긴 하다.

하지만 중원에는 숨겨진 고수가 많음이니 충분히 납득할 수도 있는 일.

실제로 흑랑 이외에도 비슷한 실력을 지녔던 몇몇이 당하지 않았던가.

그들의 실패에도 큰 반응이 없었는데, 이번엔 뭔가가 달랐다.

찝찝하면서 계속해서 눈을 끈다.

다른 일에 집중을 하지 못할 정도로.

"뭔가가 있는 건가…."

보고서에선 정체를 알 수 없는 고수에 의해 전멸을 당했으며, 남은 흔적이 없다고 되어 있었다.

심지어 발견 자체도 꽤나 늦은 상태라 시신에 남은 흔적도 무용지물에 가깝다고.

이제와 조사를 명령한다 하더라도 뭔 갈 찾아낼 확률은 없었다.

"그렇다고 내가 움직일 수도 없는 일이고…."

턱을 쓰다듬으며 고민하는 장양운.

현재 장양운은 공석이 된 소교주의 자리를 차지하기 위해 바쁘게 뛰어다니고 있었다.

중원의 일 또한 그에게 상당수가 밀려들고 있었다.

단목성원이 그리 되었으니 신교 내에서의 권력의 무게추가 단숨에 장양운에게 기울어진 것은 당연한 일.

일 때문에 바쁘게 움직이는 와중에도 어떻게든 그와 선을 대기 위해 움직이는 자들과 간간히 만남을 가졌다.

사람들이 먼저 다가올 때, 자신의 사람으로 만들어 놓는 편이 나중을 위해서라도 필요한 일이라는 것을 그는 아주 잘 알고 있었다.

'일각과 월각이 요지부동인 상황에서 자리를 비울 수는 없지.'

결론은 이미 난 것이나 마찬가지였다.

찜찜한 것은 사실이지만 그것 하나만으로 자리를 비우기에는 걸려있는 것이 너무 많았다.

특히 교의 핵심이라 할 수 있는 일각과 월각을 자신의

편으로 확실하게 끌어들여야 하는데, 그들은 완강하게 거절을 하고 있었다.

마치 단목성원이 다시 돌아오길 기다린다는 듯.

힘의 논리로 돌아가는 것이 일월신교다.

하지만 일각과 월각은 아주 오래 전부터 단목성원의 사람들로 채워졌다 보니 회유하는 것이 아주 어려웠다.

물론 소교주의 자리에 오르고 난 이후 직위로 명령을 내린다면 충실히 이행을 하긴 하겠지만, 자신의 사람이 되진 않을 터다.

그렇다고 쉬이 포기 할 수도 없다.

그들이야 말로 일월신교의 진짜 힘이라 할 수 있는 자들이니까, 적어도… 표면적으론 말이다.

"고민이 많은 얼굴이로군요."

스르륵.

마치 기다렸다는 듯 그가 모습을 드러낸다.

교주가 나타난 이후 거의 모습을 보이지 않던 그의 등장에 장양운은 웃음으로 그를 맞았다.

"오랜만이로군."

"근래는 꽤 바쁘게 움직여서 말이죠."

그가 웃으며 자연스럽게 의자에 앉자, 장양운 역시 맞은편에 앉는다.

"우선 교주님께선 당분간 움직이시지 않을 생각이신 것

같습니다. 아무래도 지켜보시겠다는 심중이시겠지요."

"중요한 시기에 소교주를 잃은 것이나 마찬가지니까."

"그것보단 지켜보는 것이겠지요. 중원 무림인들이 살기 위해 발버둥치는 모습을."

움찔!

그의 말과 함께 섬뜩한 기운에 장양운이 순간 몸을 움찔하지만 아주 잠시였다.

나타나던 것보다 더 빠르게 그의 기운이 사라졌으니까.

"이거, 죄송합니다. 저도 흥분한 탓인지 요즘 관리가 잘되질 않는군요."

"으음…."

강하다 강할 것이다, 생각은 했다.

하지만 그 힘의 파편을 보는 순간 장양운은 생각을 바꿔야 했다.

강한 수준이 아니었다.

자신 같은 사람 백이 달려들어도… 상대 할 수 없는 강자였다.

"그렇게 긴장하실 것 없습니다. 도련님과의 처음 만남에서 말씀드렸던 것처럼… 전 자유롭게 움직이고 싶을 뿐이고, 그것을 위해선 도련님께서 교주님의 후계가 되셔야 합니다."

"물론. 나 역시… 바라는 것이 있으니까."

"제가 그래서 도련님을 좋아하는 겁니다."

피식 웃으며 그가 자리에서 일어섰다.

"더 길게 이야기하고 싶은데 아무래도 시간이 별로 없군요. 우선 짧게나마 이야기하자면 일각은 포기. 나머지 네 개. 아니, 세 개의 각을 완전히 장악하는 것에 집중하십시오."

"일각을… 포기하라고?"

"일각은 결코 돌아서지 않을 겁니다. 오직 한 사람을 위해 만들어진 조직이나 마찬가지가 되어버렸으니까요. 차라리 새로운 일각을 세우는 것이… 도련님께 더 좋은 선택이 되실 겁니다."

스르륵.

자신의 말이 끝나기 무섭게 모습을 감추는 그를 보며 장야운은 한숨을 내쉬며 일어섰다.

그의 실력을 잠시나마 엿본 것은 큰 성과였다.

'그를 내 손으로 제어 할 수 있을까?'

잠시 고민해보지만 답은 뻔했다.

제어 할 수 없었다.

무서운 속도로 자신의 실력이 늘어나고 있는 상황이지만 그렇다고 해서 그를 따라 잡을 수 있을 것 같진 않았다.

마치… 그래.

일월신교주인 사부의 실력의 단편을 맛보았을 때와 같은 절망감을 느꼈다고 할까.

"내가 아는 일월신교는 일월신교가 아닐 수도…."

자신도 모르게 내뱉은 말이지만.

장양운은 생각했다.

어쩌면 그것이 진짜일 수도 있다고.

"쯧! 어차피 지금 내가 할 수 있는 일은 정해져 있으니 당분간은 소용없나?"

슬쩍 책상 위에 놓인 서류를 보던 장양운은 곧 삼매진화를 일으켜 태워버렸다.

더 이상 이 일과 관련되어 고민하지 않겠다는 행위였다.

스컥!

휘청-.

검을 휘두르고 중심을 잡지 못하고 휘청이는 몸.

짧게 혀를 차며 단목성원은 다시 한 번 격렬하게 몸을 움직인다.

그러길 반 시진.

"헉, 헉!"

주륵.

거칠게 숨을 토하고, 온 몸으로 뜨거운 땀을 흘린다.

탈의한 상의를 따라 잔뜩 흘러내리는 땀방울.

내공을 이용하지 않았다곤 하지만 이전과 비교 할 수 없을 정도로 빠르게 지쳐간다.

겨우. 겨우 팔 하나가 사라진 것 때문이라곤 믿을 수 없을 정도로 체력의 소모가 심했다.

"이래서 포기하는 건가?"

쓰게 웃는 단목성원.

하지만 정작 말과는 달리 그의 눈은 뜨겁게 타오르고 있었다.

어떻게든 다시 올라가고야 말겠다는 의지로 그는 불타고 있었다.

"장양운. 네놈이 무슨 생각을 하고 있는 것인지, 무엇을 숨기고 있는 것인지 알 수 없지만… 네 생각대로만은 안될 것이다."

으드득!

이를 악문 단목성원이 다시 몸을 움직인다.

무인은 기본적으로 양손을 전부 다 쓴다.

물론 주로 쓰는 손이 없는 것은 아니지만 될 수 있으면 양손을 쓰려고 노력한다.

그 편이 여러모로 더 유용하기 때문이다.

단목성원 역시 그렇게 배웠기 때문에 왼손의 사용은 오른손만큼 능숙했다.

하지만.

그렇다고 해서 왼손을 오른손만큼 능숙하게 쓸 수는 없었다. 비슷하게는 가능하지만 세밀하겐… 어려운 일이다.

더욱이 단목성원은 오른손잡이.

그에게 오른팔이 사라졌다는 것은 단순히 왼손으로 살아야 한다는 것이 아니다.

무공의 기초를 처음부터 쌓아야 한다는 것과 크게 다르지 않았다.

오랜 무림 역사에서 한 팔을 잃어버리고도 제 실력을 발휘한 사람은 손에 꼽는다.

그리고 그런 자들의 공통점은 팔을 잃은 이후, 기존의 무공을 머릿속에서 지워버리고 다시 시작했다는 것이다.

지금의 단목성원처럼.

몸 안의 내공은 여전하지만 내공의 흐름 역시 오른팔 잡이답게 그쪽으로 치우쳐져 있다.

미세하지만.

그 미세함마저도 완벽하게 개조해야 한다.

그래야만 진정한 왼손잡이로 거듭 날 수 있었다.

그때였다.

스르륵.

조용히 모습을 드러내며 단목성원 앞에 무릎을 꿇는 무인 하나.

"무슨 일이지?"

"장양운의 움직임이 점차 빨라지고 있습니다."

"내버려둬. 어차피 지금 상황에선 내가 움직인다고 해서 어떻게 할 수 있는 것도 아니니까."

"저희에게도 손을 내밀고 있습니다."

"그렇겠지. 그렇다고… 넘어가진 않을 것 아냐?"

"저희의 목숨은 오직 한 분. 주군의 것입니다."

고개를 숙이는 사내.

일각의 무인인 그를 보며 단목성원은 피식 웃으며 다시 몸을 움직이기 시작했고, 그것을 확인한 사내가 다시 모습을 감춘다.

머릿속이 복잡했지만 그것을 털어내려는 듯 더 격렬하게 움직이는 단목성원.

덕분에 서서히 머릿속이 편안해지고 자신의 몸에만 집중하기 시작했다.

'어설프게 팔이 남아 있는 것보다 아예 없어진 것이 오히려 나을 수도 있어.'

파팟!

사방으로 흩날리는 땀방울.

끊임없이 몸을 움직이는 와중에도 그의 머릿속은 몸의 균형을 잡는 것으로 빼곡하게 들어차 있었다.

당장은 상황이 좋지 않으나, 최악은 아니다.

단목성원은 진심으로 그리 생각하고 있었다.

하긴 그러지 않고서야 정신적으로 버텨내는 것도 어려운 일이다.

'난 할 수 있다.'

'난 부활 할 것이다.'

'난 반드시 할 수 있다!'

수십, 수백, 수천, 수만 번을!

그렇게 속으로 외쳤다.

굵은 땀방울을 사방에 비산시키며.

❖

천탑상회주 파세경에 대한 소문은 중원에 알음알음 알려지기 시작하더니 얼마 지나지 않아 모르는 사람이 없을 정도로 유명해졌다.

그 실력도 실력이지만.

뛰어난 외모가 사람들의 입에 오르내리기 시작한 것이다.

심지어 그녀는 사람들 앞에서 면사를 벗은 적이 없음에도 말이다.

하지만 그녀를 만나본 사람들은 드러나는 모습만으로도 이미 천하제일미는 그녀일 것이라 단언했다.

여인으로서 분명 싫은 일은 아니지만… 그것도 도를 지나치면 문제가 되는 법이었다.

"…오늘도?"

자신의 앞에 쌓인 선물들을 보며 얼굴을 찌푸리는 파세경.

한 번이라도 자신과 대면하기 위해 전해지는 선물의 양이 평소에도 적은 것은 아니었지만, 근래 들어 과할 정도로 많아져 있었는데.

그 이유는 한 사람 때문이었다.

어쩌다가 부딪쳤는데, 그날 이후 자신에게 반했다며 청혼을 한 사내.

철권무인(鐵拳無人) 백리하.

철권이란 별호 뒤에 붙은 무인의 뜻이 참으로 아이러니하지만 어찌 보면 당연한 것이었다.

그 주먹만큼은 무림에서 인정하지만 머릿속에 든 것이 아주 부족하다 못해 참을성까지 모자라니.

사람 같이 않은 놈이라 하여 한 번 비꼬아 무인(無人)이름이 붙어 버렸다.

문제는 철권무인의 무공이 아주 강하다는 것이었다.

사파 무인들 중에서 당당히 열손가락 안에 들 정도로.

그 정도면 사황련에서 그를 끌어 들일만도 하지만 사황련에서도 반쯤은 포기 상태였는데, 워낙 제 멋대로 인 인간이라 그랬다.

게다가 치고 다니는 사고는 작기라도 한가.

만약 일신의 실력이 아니었다면 벌써 죽어도 죽었을 것이란 것이 중론일 정도다.

물론 본인은 전혀 모르겠지만.

어쨌거나 그가 보내오는 선물의 양이 날이 갈수록 늘어나고 있었다. 심지어 돌려보낸 것들까지 다시 보내온다.

마치 이래도 넘어오지 않을 테냐! 라고 하는 것처럼.

"이번에도?"

파세경의 물음에 곁에 있던 시비가 고개를 숙이며 답한다.

"이번엔 인하상단이라고 합니다. 그쪽에서 사람을 보내왔습니다. 이젠 물건이 사라지면 저희 쪽에 연락을 취하는 것이… 아예 자연스러운 일이 되어버린 것 같습니다."

"하아!"

한숨을 내쉬는 파세경.

그녀로선 짜증이 날 수밖에 없다.

이 선물들이 자신의 돈으로 산 것이 아니라, 인근 상단들이 표행에 나섰던 표물이라는 것이 제일 큰 문제였다.

다행히 죽은 사람은 없는 모양이지만 강제로 귀하다는 물건을 빼앗아가니.

"막을 순 없겠지?"

"철권무인이 나섰다는 소문이 파다해서… 나서려는 사람이 없는 것으로 알고 있습니다. 이렇게 되면 결국 암문에 도움을 청하는 것이 어떨런지요?"

"…하아."

시비의 조언에 파세경은 머리를 짚었다.

휘가 무사히 돌아온 이후 암문이 은밀하게 움직이고 있다는 것을 누구보다 잘 알고 있는 그녀다.

그렇기에 될 수 있으면 암문에 부담을 주고 싶지 않았는데, 이젠 어쩔 수 없는 것 같았다.

그렇지 않아도 실력 있는 무인들은 전부 사천으로 움직인 뒤라 인근에서 철권무인을 막을 수 있는 사람을 구할 수가 없었다.

"연락을 취해줘. 어쩔 수 없겠네."

"그리하겠습니다. 그리고 이것들은 다시 돌려보내도록 하겠습니다."

"기왕이면 다시 주인들을 찾아 주도록 해. 표물 장부들이 있을 테니까. 사라진 것들이야 어쩔 수 없지만, 있는 것까지 안 줄 수는 없는 일이니까."

"그리 조치하겠습니다."

어차피 그에게 돌려보내봐야 의미도 없이 다시 돌아온다. 그럴 바에는 발을 동동 굴리고 있을 상단들에게 돌려주는 편이 훨씬 더 나은 일이었다.

하지만 이때까진 파세경도 몰랐다.

자신의 선택이 어떤 결과를 불러일으키게 될 것인지.

그리고 그 결과는 고스란히 그녀의 몸으로 체험해야 했다.

바로 이튿날 밤에.

철권무인이라 불리는 백리하는 그 별호와 달리 쾌남이라
불러도 좋을 만큼 꽤 잘생긴 얼굴을 지니고 있었다.

가만히 있어도 제법 여자가 따르는 얼굴 덕분에 그는 여
자에게 반한다는 것을 잘 몰랐다.

그러던 찰나에 그녀, 파세경을 보았다.

비록 면사 때문에 그 얼굴을 확인하지 못했지만 드러난
것만으로도 짐작 할 수 있었다.

이제까지 단 한 번도 보지 못한 미녀라는 것을.

동시 자신도 이해하기 어렵지만 두 눈을 보는 순간 그녀
에게 빠져 들었다. 난생 처음으로 누군가를 사랑하게 된 것
이다.

"…그런 내 마음을 가지고 놀아?!"

으드득!

상당히 흥분 한 듯 붉어진 얼굴로 눈앞에 쓰러져 있는 파
세경을 바라보는 백리하.

자신이 보낸 선물을 모조리 돌려보낸 것도 모자라, 그것
을 상단들에게 돌려주었단 소식은 그를 흥분하게 만들기에
부족함이 없었다.

그것은 마치 그녀가 자신을 조롱하는 것 같았고, 결국 마
음을 다스리지 못한 그는 곧장 천탑상회로 쳐들어가 업무를

마무리하고 움직이던 파세경을 납치하는 것에 성공했다.

납치하는 과정에서 호위무사들과 부딪쳐야 했지만 누구도 그를 막을 순 없었다.

본래 암문에서 그녀에게 암영을 호위로 붙여 주었으나, 이번에 정도맹의 일을 진행하기 위해 잠시 불러들였던 것이 문제였다.

그녀를 납치한 백리하는 깊은 산의 동굴로 그녀를 데려왔다.

본래 곰이 살던 곳이었던 지 누린내가 진동을 하지만 그는 개의치 않았다.

"…그러고 보니."

쓰러진 그녀를 보는 백리하의 눈이 점차 음흉해진다.

풀어헤쳐진 그녀의 옷자락을 따라 드러나는 몸매.

"귀찮군."

얼굴을 가린 면사가 눈에 들어오자 백리하가 손을 뻗는다.

찌익!

"크크… 크하하하! 이거 소문으로 끝날 정도가 아니었잖아?"

마침내 드러난 그녀의 얼굴.

파세경의 얼굴을 본 순간 백리하는 크게 웃었다.

아주 만족하는 얼굴로.

쐐애애액!

휘의 신형이 허공을 가른다.

천탑상회의 요청은 휘에게 오래지 않아 닿았고, 그나마 여유가 있는 휘가 직접 나서기로 하고 움직였다.

하지만 그것도 잠시.

다급하게 날아든 파세경의 납치소식.

소식을 전해 듣는 것과 동시 휘의 신형이 허공을 가르기 시작했고, 전력으로 달린 끝에 두 시진이 지나기 전에 천탑 상회에 도착 할 수 있었다.

"대체 어떻게 된 일이지? 분명 암문에서 일 처리를 했던 것으로 기억하는데?"

"그곳에서 처리 할 수 없는 일이 많아 당분간 괜찮을 것이라며 이곳으로 자리를 옮기셨었습니다. 그런데… 그것이 이런 사단을 만들 줄은… 흑….'"

휘에게 이야길 전하는 시비.

끝내 눈물을 흘리는 그녀를 보며 더 이상 이야길 들을 필요가 없다고 생각한 휘는 아직 남아 있는 흔적을 따라 빠르게 몸을 내던졌다.

자신이 소식을 전해 듣고 이곳까지 오는 것이 이틀이 걸렸다.

처음 멀쩡하게 도움을 요청을 했었다는 것을 생각해본다면 납치를 당하고서 길어봐야 반나절이 조금 지났을 것이다.

그나마 정도맹 본 단과 암문.

다시 이곳 천탑상회까지의 거리가 멀지 않았으니 망정이
지 하루만 더 거리가 벌어지는 곳이었다면….

'그날 본 것이 마지막이 될 수도 있었겠지. 빌어먹을!'

빠르게 이동하면서 휘는 자신을 탓했다.

사실상 파세경이 아는 사람 하나 없는 중원에서 움직이
게 된 것도 따지고 보면 자신 때문이지 않는다.

오직 자신만을 믿고 대막을 떠나 중원으로 온 그녀다.

그런 그녀에게 좀 더 신경을 썼어야 하는 것인데, 이번
일에 인력이 다수 투입이 될 것이라 생각하고 그녀를 호위
하고 있던 인력까지 빼버렸다.

'괴검에게 부탁해서라도… 아니, 내 실수다.'

으득!

뒤늦게 대처를 생각해봤지만 일은 이미 벌어졌다.

이제와 떠올려본들 무얼 하겠는가.

사건은 이미 벌어졌는데 말이다.

파바밧!

그나마 다행이라면 놈이 상당히 흥분한 채 움직였던 것
인지 곳곳에 흔적이 남아 있다는 것이었다.

물론 휘 정도가 되지 않으면 알아보기 어렵겠지만.

'부디, 부디 무사해라!'

찌이익!

거친 손길에 찢어져 나가는 치맛자락.

그와 함께 드러나는 늘씬한 각선미.

"흐, 흐흐흐. 이거 못 참겠네."

여자를 모르는 것도 아니고, 더 이상 감질나게 이런 식으로는 안 되겠다 생각한 철권무인이 아예 파세경의 옷을 찢어버리려는 그 순간.

"쓰레기 같은 놈."

"뭣…!"

투확!

퍼버벅!

동굴 벽을 가득 채우는 놈의 피와 뇌수.

그리고 머리였던 흔적들.

털썩.

머리가 사라지자 피를 흘리며 쓰러지는 철권무인의 몸.

그 실력과 달리 허무하리라 만치 쉽게 죽은 그의 시신을 발로 걷어차, 치워버리는 한 사내가 있었다.

한 수에 놈의 머리를 터트려 버리고서도 아무렇지 않다는 듯 그는 잠시 파세경을 바라보다 고개를 돌린다.

"제법 뛰어난 미모로군. 어지간한 사내라면 보는 것만으로 정신을 차릴 수 없겠어. 쯧."

젊어 보이는 외모와 달리 노인의 말투를 가진 그가 느긋한 걸음으로 동굴 밖으로 향한다.

그가 동굴 밖으로 나온 그 순간.

휘이익-!

탁.

허공을 가르며 휘가 모습을 드러낸다.

"기다린 보람이 없진 않군."

휘의 얼굴을 보며, 사내가 웃었다.

"…누구냐, 넌?"

자신을 보며 웃는 사내를 향해 굳은 얼굴의 휘가 묻는다.

분명 철권무인의 흔적을 쫓아 왔건만 나오라는 당사자는 없고 전혀 다른 자가 모습을 보인다.

비록 철권무인의 얼굴을 한 번도 본적이 없지만 휘는 알 수 있었다.

눈앞의 사내는 결코 철권무인이 아니라는 것을.

"글쎄… 뭐라고 대답을 해야 할지 모르겠군."

여유롭게 웃으며 대답하는 그를 보며 휘는 더 이상 입을 열 수 없었다.

사내의 몸에서 흘러나오는 기운이 심상치 않았음으로.

'대체 이걸 뭐라고 설명해야 하는 거지?'

움찔, 움찔.

온 몸이 움찔거리며 예민한 반응을 보인다.

'그나마 다행이라면 저 동굴 안에 무사히 있는 것 같은데…'

동굴 안쪽에서 느껴지는 기척은 파세경의 것이고, 기가 안정 되어 있는 것이 무사한 것 같아 다행이지만 정작 문제는 눈앞의 사내에 대한 것이었다.

분명 처음 보는 얼굴이고 몸에서 흐르는 기운 역시 보통이 아니었다.

헌데 어디선가 본 것 같은 느낌이 계속 들었다.

위험하다는 신호와 함께.

"확실히 나쁘지 않군. 아니, 아주 훌륭해. 몰래 빠져나온 보람이 있군 그래."

"넌… 누구지?"

"그래, 통성명은 하는 것은 좋겠지."

슥.

턱을 쓰다듬으며 고민하던 사내가 곧 다시 입을 연다.

"연중문. 연중문이라 한다."

"연중문?"

"그래, 이제 됐나? 장양휘?"

"…나에 대해 잘 아는 모양이로군."

"모를 것도 없잖나?"

빙긋 웃으며 대답하는 연중문을 보며 휘의 얼굴이 일그러진다.

어디서 본 것 같은데도 전혀 기억에 없는 인물이다.

게다가 전생의 기억을 뒤져봐도 전혀 들어보지 못한 이름이었다.

'사황과 같이 내가 전혀 모르는 인물의 등장인가?'

휘의 머릿속이 복잡해질 때 그가 다시 말했다.

"일단 안쪽에 있는 여인은 안전하네. 쓰레기는 처리했거든. 나로선 저쪽에 손을 댈 생각이 없으니 안심해도 좋고."

"…고맙군."

"별 말씀을."

웃으며 말을 받은 그가 투명한 눈빛으로 휘를 바라보며 물었다.

"그럼 도움을 받은 입장에서 내 물음에 대답을 해줄 수 있겠지?"

"…가능한 것이라면."

대답을 하면서도 휘는 자신이 왜 이렇게 긴장하고 있는 것인지, 그의 물음에 순순히 대답하는 것인지 이해 할 수 없었다.

분명 그의 몸에서 흐르는 기운은 보통이 아니다.

그렇다고 자신을 위협 할 정도도 아니었다. 물론 실력을 감추고 있는 것이라면 그럴 수도 있다.

때론 눈에 보이는 것보다 감각이 더 예민하게 굴 수도 있으니까.

헌데 그는 그런 기색이 조금도 없었다.

'둘 중 하나군. 나도 눈치 채지 못할 정도의 고수거나, 내 감각이 너무 예민하게 반응하거나.'

어느 쪽이든 문제다.

하지만 휘는 전자에 중심을 두었다.

자신의 감각이 틀릴 리 없다고 생각하며.

"이거, 너무 경계하는군. 좋아, 질문은 다음번에 하도록 하지. 우린 다시 만나게 될 것 같지 않은가?"

웃으며 몸을 돌린 연중문이 유유자적한 걸음으로 숲으로 사라지지만 휘는 그를 잡지 않았다.

주륵.

"이런 긴장감은 또 오랜만인데."

손바닥이 흥건할 정도로 흐른 땀.

우웅, 웅.

심지어 혈룡검이 뒤늦게 울기 시작한다.

"너도 긴장했냐?"

우웅, 웅, 웅.

혈룡검을 툭하고 건드린 휘가 동굴을 향해 발걸음을 옮긴다.

'대체 정체가 뭐였을까? 연중문이란 이름이 정말 자신의 이름이긴 할까?'

머릿속은 온통 그에 대한 생각뿐이다.

마지막까지도 그는 휘는 놀라게 했는데, 어느 순간 그의 기척이 완전히 사라져 버렸다.

빠르게 이동을 한 것도 아니었다.

홀연히 귀신처럼 사라져 버린 것이다.

'역시 실력을 숨기고 있었던 건가? 일부러 일정 수준에 맞춰서 자신을 드러낸 것인가…'

대체 무슨 목적으로 자신의 앞에 모습을 드러낸 것 인진 알 수 없지만 확실한 것은 있었다.

그의 말처럼.

언젠가 다시 만나게 될 것이란 사실이다.

결코 같은 편이 아닌 입장에서.

"나도 아직 멀었군."

혈마공 3단계를 얻었다고 제법 자신감에 충만했었는데, 단숨에 나락으로 떨어지는 기분이다.

확실히 그의 실력을 확인 한 것도 아니지만 그랬다.

어쩌면 지금 충돌하지 않고 모습을 확인한 것은 천운일지도 몰랐다.

적으로 만나게 될 상대라면… 모르고 있는 것보다 알고 있는 것이 훨씬 이득인 것은 사실이니까.

승패를 떠나서.

머릿속이 더 복잡해지려는 그때 저 앞에서 신음을 흘리며 정신을 차리려는 파세경의 모습이 눈에 들어온다.

획.

숲을 걷던 연중문의 몸이 돌아서더니 멀리, 이젠 모습도 보이지 않는 장양휘가 있던 방향을 바라본다.

"재미있는 놈이야. 설마하니… 후후후. 그래, 이것 역시 또 하나의 재미겠지."

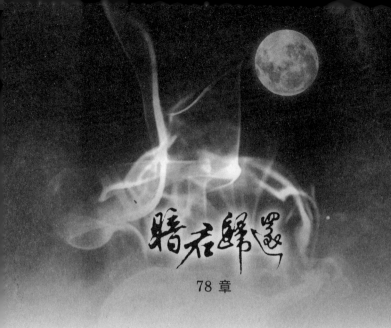

78 章

복건성 남쪽에 금문도(金門島)라는 섬 하나가 있다.

섬 자체는 그리 크지도 않고 일반인들에겐 그리 유명하지 않은 곳이지만 무림에서 금문도는 아주 유명한 곳이었다.

바로 복건성의 강자라 불리는 금문(金門)이 그곳에 자리를 틀고 있기 때문이다.

금문이란 이름만 본다면 상계를 손에 쥐고 뒤흔들 것 같은 문파지만 실제로는 달랐다.

금문도에 자리한다고 해서 금문이란 이름이 붙었다고 문도들 스스로 말하고 다닐 정도니까.

어쨌거나 금문은 복검 제일의 검문으로 그 명성이 자자했는데, 정작 금문이 유명한 이유는 바로 금문이 배출하는 제자들 때문이었다.

금문 출신의 무인들치고 악바리가 아닌 사람이 없었고, 죽는 그 순간까지 적을 물어뜯는 것으로 유명했다.

사천당가와 함께 무림에서 엮이지 말아야 할 두 문파 중의 하나로 인정을 받을 정도였으니, 말 다했다.

금문은 결코 많은 제자들을 무림에 내보내지 않는다.

특별한 일이 없으면 제자들 역시 제한을 하는 것도 아닌데 밖으로 나가지 않는다.

덕분에 폐쇄적인 문파로 알려져 있기도 한데.

이곳 금문도를 휘가 찾았다.

"겉으로는 활기차 보이네요."

화령의 말에 휘는 고개를 끄덕이며 배에서 내렸다.

금문도는 크진 않지만 그렇다고 작지도 않은 섬이다. 금문이 자리 잡고 있는 탓에 꽤 많은 이들이 이곳에 살고 있다.

이상한 것은 분명 일반인들에게선 이상한 것이 느껴지지 않는데, 무림인으로 보이는 자들.

특히 금문의 제자로 보이는 자들의 기세가 날카롭기 그지없다.

지금도 휘와 화령을 바라보는 자들이 한 둘이 아니었다.

마치 문파에 비상경계를 내린 것 같은 모습.

"저희는 금문의 제자들입니다. 죄송하지만 금문도에 방문한 목적을 들을 수 있겠습니까?"

그때 휘와 화령에게 접근하는 이들이 있었다.

정중히 인사를 하긴 했지만 두 눈에 담긴 경계의 시선은 여전한 자들.

자신들에게만 이러나 싶어 주변을 둘러보니 배에서 내리는 무림인으로 보이는 모든 이들에게 금문 제자들이 검문을 하고 있었다.

과하다 볼 수도 있지만 이곳은 금문도.

금문의 안방과 같은 곳이기에 대부분의 무인들이 그들의 뜻에 따라 주고 있었다.

물론 중간 중간 소란을 일으키는 자들도 있었지만, 예외 없이 금문으로 끌려간다.

"대답을…."

"맹주의 명으로 왔다."

대답을 재촉하던 그가 휘가 꺼낸 명령서와 말에 얼굴을 굳히다가 곧 고개를 숙인다.

"안내하겠습니다."

이미 이야기가 된 것인지 그는 빠르게 주변을 처리하더니 휘와 화령을 금문도의 심처로 안내한다.

금문을 향해.

"쿨럭! 이거… 미안하군."

연신 기침을 토하며 불편한 얼굴로 누워있는 중년 사내.

몸이 심각하게 좋지 않은 것인지 얼굴색이 좋지 않은 그에게 휘는 말없이 맹주에게 받은 서찰을 건넸다.

한 참에 걸쳐 서찰을 다 읽은 그가 휘에게 시선을 준다.

"검제께서 믿… 쿨럭! 쿨럭! 믿을 수 있는 자라 하셨다면 괜찮겠… 쿨럭!"

"천천히 말해도 됩니다."

"고맙… 군. 쿨럭."

'어머? 주인님이 좀 바뀌셨나?'

휘의 말투에 깜짝 놀란 화령이 빠르게 휘를 아래위로 훑어본다.

자신이 인정한 사람이 아니라면 누구에게도 존대를 하지 않던 사람이 존대를 한다.

난생 처음 본 사람에게.

상대가 아픈 환자라고 해서 존대를 할 사람은 결코 아니었다.

'뭐지? 바뀌셨는데… 이유를 모르겠네. 모습을 감추셨던 동안에 뭔가가 있으셨던 건가? 하긴. 이전과 비교 하실 수 없을 정도로 강해지셨긴 하지만. 하응! 저 품에 안기고 싶…'

"하악!"

"……."

"아?"

두 사람의 시선이 자신에게 향하고 있다는 것을 뒤늦게 깨달은 화령이 예의 차가운 얼굴을 유지하며 고개를 돌린다.

그 모습을 잠시 보고 있던 휘가 그에게.

금문의 주인 금천검(金天劍) 구양세문에게 고개를 숙인다.

"제 수하가 실례를 했습니다."

"괜찮네, 쿨럭. 손님 대접이 변변… 쿨럭, 쿨럭!"

결국 몇 마디 하지 못하고 거세게 기침을 하던 구양세문은 피를 토하고 나서야 속이 편한 듯 말을 이었다.

"손님 대접이 변변찮아 미안하네. 자네도 들어 알고 있겠지만 본문은 큰 위기를 맞고 있다네. 처음엔 별 것 아니라 생각했는데, 결국 이 꼴이 되고 말았지."

쓰게 웃는 구양세문을 보며 휘는 검제와 신묘의 부탁을 다시 한 번 떠올려 보았다.

"독(毒)입니까?"

"정확히 정체를 알 수 없는 종류의 것이라고 하네. 이럴 때 사천당가가 건제하다면 좋겠지만…."

쓰게 웃는 검제.

그 말처럼 사천당가가 멀쩡했다면 이번 일의 처리는 그들에게 맡겼을 수도 있는 일이었다.

이젠 도움을 바라기는커녕 지원해야 하는 곳으로 전락해 버리긴 했지만.

"제가 독에 제법 내성이 있는 것은 사실입니다만, 독에 대해 잘 알고 있는 것은 아닙니다."

"나도 알고 있네. 하지만 지금 필요한 것은 그 독에 대한 내성이네."

"맹주님이 설명하는 것보다, 제가 나서는 것이 나을 것 같습니다."

신묘가 검제의 말을 가로채고 나서자 검제는 고개를 끄덕이며 뒤로 빠진다.

"아까 맹주님께서도 말하셨지만 정체를 알 수 없는 독이 금문에 퍼지고 있는데, 문제는 이것이 어떤 종류의 것인지 알 수 없다는 것이네. 심지어 어떤 경로로 중독이 되는 것인지도. 금문 자체적으로 해결하기 위해 노력했지만 결국 역부족이었던 거지."

"그것과 제가 움직이는 것이 무슨 관계입니까?"

"쉽게 이야기하면… 놀고 있는 사람이 자네 밖에 없지 않은가?"

"……."

웃음 섞인 말로 신묘가 말했지만 휘는 전혀 농담처럼

들리지 않았다.

실제로 두 사람의 요청으로 이곳에 오긴 했지만 열심히 움직이는 것은 암영들이지 자신은 별 달리 할 것이 없었으니까.

"금문에서 최대한 은밀하게 이번 일을 처리하길 원하고 있네. 문파의 위신은 둘 치고, 적을 앞둔 상황에서 내부의 문제가 밖으로 흘러나가면 안 된다는 것이 금문주의 생각이네. 나 역시 거기에 동의하고 있고. 게다가 이번 일에 일월신교가 개입되어 있을 것이란 생각도 떨쳐 낼 수가 없으니 믿을 수 있는 사람인 자네 밖에 없지 않은가. 나설 사람이."

"후… 놀고 있기 때문이로군요."

"반쯤은 사실이네."

인정하는 신묘를 보며 묘한 미소를 지으며 휘는 고개를 끄덕였다.

"좋습니다, 언제 움직이면 됩니까?"

"길게 끌어서 좋을 것이 없겠지. 준비가 되는 대로 떠나게. 금문주에게 전달한 서찰은 바로 준비하도록 하지."

"독의 일종이라고 밝혀낸 것도 최근의 일에 불과하네. 이 일로 벌써 제자들 수십이 병상에 누웠고, 수십이 죽었네. 게다가 점점 병이 퍼지는 속도가 빨라지고 있음이니

문파 내부가 뒤숭숭한 것도 사실. 될 수 있으면 빠르게 이번 일을 처리해 주었으면 좋겠네."

"서찰에 뭐라고 쓰여 있는지는 모르겠습니다만, 전 독을 전문으로 다루는 사람은 아닙니다."

"알고 있네. 그렇지 않아도 그리 쓰여 있더군. 내가 바라는 것은 하나… 쿨럭! 쿨럭!"

다시 기침이 터지기 시작한 것인지 연신 거친 숨을 토해내는 그.

"이번 일의… 쿨럭! 주동자가 있을 것… 색출해 냈으면… 쿨럭! 하네."

"알겠습니다."

"고맙… 쿨럭! 네."

인사를 건네면서도 어두운 얼굴의 금문주를 뒤로 하고 휘와 화령은 자신들이 배정 받은 거처로 자리를 옮긴다.

공식으로 두 사람은 정도맹의 배첩을 가지고 찾아온 특사였다.

금문은 정도맹에 가입은 했지만 아직 정식으로 제자들을 파견하진 않았는데, 제자들을 파견해 달라는 배첩을 가져온 것으로 주변에 알려져 있었다.

그렇지 않아도 상황이 좋지 않은 상황에서 착출과 다를게 없는 일이다보니 두 사람에 향하는 시선은 결코 좋은 편은 아니었다.

– 문파에 대한 애정이 대단한 곳이네요.

– 막는 것도 아닌데, 문파를 벗어나지 않는 자들이 대부분이니까.

– 그래도, 아직 가진 의심스런 자들은 보이질 않네요. 바로 꼬리가 붙을 거라곤 생각진 않았지만 꽤 기대했는데요.

– 머지않아 붙겠지. 우선 확실하게 상황을 알아보는 것이 먼저다.

– 존명.

그녀의 대답을 끝으로 전음으로 하는 대화는 끝이 났다.

우선 하루 정도 거처에서 머물면서 상황을 살펴볼 생각인 휘와 화령.

그러면서도 밤에 움직일 것을 대비하여 주변 지형을 눈에 담는 것을 잊지 않았다.

금문 제자 중에 이형석이라는 자가 있다.

그는 다른 또래들에 비해 늦게 입문을 했으나 재능과 집중력을 바탕으로 빠른 속도로 또래를 잡더니, 지금에 이르러선 금문 제자들 중에서도 손에 꼽는 강자가 되었다.

그리고 이번 사태에서 가장 먼저 희생을 당한 주인공이기도 했다.

'별 다른 문제점은 없는 것 같은데…'

이번 사태로 죽은 자들은 조사를 위해 시신이 최대한 부패하지 않는 곳에 모아 두었기에 휘가 조사를 하는데 아무런 문제가 없었다.

사람들의 눈을 피해야 한다는 조건이 붙지만 그거야 휘가 가장 잘 하는 것이 아니던가.

밤을 틈타 시신 보관소에 도착한 휘는 이형석의 시신을 시작으로 모든 이들의 시신을 확인했다.

최대한 부패가 되지 않는 곳이라곤 하나, 아예 되지 않는 것도 아니라 악취가 진동을 했지만 휘는 개의치 않았다.

'이걸… 뭐라고 해야 하지?'

분명 독에 당한 것 같긴 한데, 아무런 표시가 나지 않는다.

죽은 이들은 나이도, 성별도, 실력도 전부 달랐다. 심지어 문파 내에서의 소속도 다르고.

'같은 밥을 먹고서 중독되었다고 하기엔… 멀쩡한 자들이 많지. 대체 뭘까? 뭐가 이들을 죽음에 이르게 만든 것일까?'

독에 당해서 죽은 것이라고 처음엔 생각했다.

설명을 그렇게 들었었으니까. 하지만 시간이 지나고 이들의 시신을 살펴보면서 어쩌면 그것이 이유가 아닐 수도 있다고 생각했다.

우선 죽은 자들에게선 독에 당한 흔적이 나오지 않았다.

독에 중독된 자들은 피부가 퍼렇게 물드는 경우가 많은데, 이들에게선 그런 경우가 보이질 않았다.

몇몇 독 중에 흔적을 보이지 않는 것도 분명 존재한다.

하지만 그런 종류의 것으로도 보이지 않는다.

'독은 아냐. 이건 확실해.'

독에 당해 죽은 것이 아니라고 휘는 확신했다.

저들의 몸을 만지고 살폈음에도 자신에게 중독 현상이 벌어지지 않고 있지 않은가.

게다가 죽은 자들의 모습에 이상하기도 하고.

'금문과 관련된 일은 전생에 없었어. 오히려 당시 금문의 전력은 중원에 큰 힘이 되었을 정도니까.'

이미 자신이 알던 것과 많은 것이 달라졌다곤 하지만 참고할만한 것이 있는가 싶어 기억을 상기시켜 보지만 어디에서도 이번 일과 연관성을 가진 것은 없었다.

결국 이번 일 역시 자신이 모르는 자로 인해 벌어진 사태라고 보면 될 것이다.

'해부를 해보면… 좋겠는데, 어렵겠지?'

어려울 것이다.

이렇게 죽은 자들을 정중히 사건이 밝혀질 때까지 모셔둔 것만 보더라도 금문에서 이들을 어떻게 생각하고 있는 것인지 알 수 있을 정도다.

몰래 몸을 열어 볼 수도 있는 일이지만… 결국 흔적이

남게 되니 차후 정도맹과 금문 간에 어떤 싸움이 벌어질지 모른다.

금문에선 자신이 정도맹의 무인이라고 굳게 믿고 있으니까.

그때였다.

- 수상한 자가 보이는데요?

건물 밖에서 주변을 살피던 화령에게서 전음이 날아들었다.

- 수상한자?

- 동료들의 눈을 피해서 움직일 정도라면 충분하죠?

그녀의 물음에 휘의 신형이 사라진다.

탁곤은 동료들의 눈을 피해 은밀하게 움직였다.

최대한 어둠속으로만 움직였고, 미리 파악해둔 순찰 동선을 완벽하게 이용하여 그들의 눈을 피했다.

금문 전체에 경계령이 내려지며 빡빡해졌지만 내부에서 순찰 동선을 전부 알고 있다면 이곳을 빠져나가는 것은 그리 어려운 일만은 아니었다.

설령 걸린다 하더라도 산책 중이었다고 하면 될 일이다.

잠시간 의심은 받겠지만 아무런 증거도 나오지 않을 테니까.

'그렇다곤 해도 긴장되는 건 마찬가지란 말이지.'

스슥, 휙!

저 멀리 사라지는 동료들의 눈을 피해 빠르게 담벼락을 넘고 나서야 탁곤은 안도의 한숨을 내쉬며 움직였다.

금문도는 밤엔 배도 오질 않고 사람들 역시 밖을 나다니는 것을 꺼려한다.

덕분에 몸을 숨기지 않아도 누구에게도 발각되지 않고 움직일 수 있었다.

한참을 움직인 탁곤은 도시를 벗어나 인근의 숲으로 향했다.

파앗!

나무 위를 빠른 속도로 움직이며 한참을 움직인 끝에 그가 도착한 곳은 사람들의 발길이 잘 닿질 않는 숲의 중심부였다.

타닥, 탁.

놀랍게도 그곳엔 모닥불과 함께 한 사람이 자리하고 있었다.

한쪽에는 간이 천막까지 쳐져 있는 것이 제법 이곳에 오래 있었던 것 같다.

"연기가 올라가는 것을 누가 보면 어쩌려고…"

모습을 드러내며 탁곤이 불만 섞인 말을 꺼냈지만 모닥불 인근에 앉은 사내는 피식 웃기만 할 뿐 입을 열진 않는다.

그 모습이 익숙한 듯 맞은편에 주저앉으며 품에서 보자기를 꺼내 던진다.

툭!

보자기가 살짝 벌어지며 그 안에서 주먹밥을 비롯한 몇 가지 음식이 모습을 드러낸다.

"제법 넉넉하게 넣었소. 경계가 강화되면서 주기적으로 찾아오지 못할 것 같아서."

"그 정도는 이해하지."

탁한 목소리와 함께 보자기를 수습하는 사내.

"그보다 효과는 어떻소?"

"아직 문주가 버티고 있지. 제일 오래 버틴 것 같은데… 아닌가?"

"호? 역시 내공의 영향을 아주 받지 않는 것은 아닌 모양이로군."

뒤적뒤적.

웃으며 품에 손을 넣어 뭔가를 찾던 사내가 탁곤에서 미련 없이 뭔 갈 던진다.

탁!

가볍게 받아드는 탁곤.

손에 들린 것은 검은 환약이었는데, 그것을 확인한 탁곤은 혀를 차며 단숨에 입에 넣는다.

으적으적!

꿀꺽!

"더럽게 맛이 없군."

"다음엔 좀 더 맛있게 만들어 보지."

"흥!"

코웃음을 치면서도 탁곤은 자리에서 일어서지 않았다.

"정도맹에서 사람이 왔다. 아무래도 무인 차출 때문인 것 같은데 일을 좀 더 빠르게 진행 할 필요가 있을 것 같은데?"

"정도맹이라… 곤란하군."

"그러니 더 이상 실험은 그만두고 제대로 움직이는 것이 어때?"

"아직 불안정하긴 한데… 뭐, 그것도 나쁘진 않겠지."

탁곤의 말에 웃으며 자리에서 일어선 그는 천막 안으로 들어갔다 나온다.

빈손으로 들어간 그의 손엔 어른 주먹만 한 목함이 들려 있다.

"혈음고(血陰蠱) 수컷들이다."

"이것이…."

"그래. 이걸 금문의 모두에게 먹인다면 수컷들은 혈관을 타고 머릿속에 자리를 잡을 것이고, 암컷을 지니고 있는 네 명령을 따르게 되겠지. 일말의 의심도 없이."

"좋군. 아주 좋아."

"물론 아직 완성된 것이 아니라 죽어가는 자들이 적지는 않겠지만… 뭐, 거기까진 내가 신경 쓸 필요는 없겠지?"

사내의 반문에 탁곤은 당연하다는 듯 고개를 끄덕인다.

그에 사내는 품에서 이전의 검은 환약 몇 개를 건넨다.

"암컷을 다룰 수 있는 약이야. 주기적으로 먹어줘야 한다는 것은 잘 알고 있을 것이고. 며칠 안으로 암컷은 부화하겠지. 그 뒤는 전에 설명한 것처럼 뜻대로 움직일 수 있을 거다. 이런. 이미 안 듣고 있나?"

목함을 보며 웃는 탁곤을 보며.

사내, 취진양은 놈을 비웃었다.

'그래, 마음 것 좋아해라. 너 역시 내 실험용 쥐에 불과하지 않음이니.'

혈음고는 아직 완성되지 않은 놈이다.

오랜 세월 일월신교에서 완성시키려고 노력했었지만 번번이 실패했었다.

수컷의 수명이 너무 짧은데다, 암컷의 공격성이 너무 강해서 숙주를 공격하는 일이 빈번했다.

다시 말해 사람을 조종해야 하는 고독의 특성상 완벽한 실패작인 것이다.

실패작이라는 사실 하나에 흥미를 가지고 어떻게든 노력을 해보고 있었지만, 제 아무리 취진양이라 하더라도 어려운 일.

'그렇지 않아도 손을 털려고 했는데, 잘 됐어.'

내부적으로도 이번 일은 실패로 확정짓고 손을 털 준비를 하고 있었는데, 이런 기회가 왔으니 취진양으로선 나쁜 일은 아니었다.

마지막으로 대규모 실험을 해볼 수 있는 절호의 기회였으니까.

"이거, 위험한 놈이 여기에 있었군."

"누, 누구냐!"

팟!

누군가의 목소리가 들림과 동시 탁곤은 자리를 박차고 일어섰고, 취진양은 뒤도 돌아보지 않고 몸을 날리려고 했지만.

파바밧!

터텅!

털썩!

휘의 지풍이 먼저 그의 몸을 때렸다.

단숨에 몸의 혈을 제압하며 바닥에 쓰러진 채 움직이지 못하게 된 취진양이 이를 악물며 어떻게든 풀어보려 했지만 불가능한 일이었다.

애초에 두 사람 사이의 내공 차이는 우물과 바다를 비교해도 부족할 정도였다.

단숨에 제압되는 취진양을 보며 탁곤은 자신이 상대

할 수 없는 고수라는 것을 곧장 깨닫고선 재빨리 몸을 날렸다.

"어?"

순간적인 판단이었지만 제대로 허를 찔렀다.

살인멸구로 입을 다물게 하기 위해서라도 자신에게 덤빌 것이라 생각했는데, 탁곤은 반대로 도망쳐 버린 것이다.

취진양에게 잠시 신경을 쓴 것이 독이 되어버린 것이다.

하지만.

"어렵진 않은 일이지. 화령."

스르륵.

휘의 부름에 곁에 모습을 드러내는 그녀.

"놈을 지키고 있어."

파앗!

짧은 명령과 함께 휘가 몸을 날리고, 화령은 쓰러진 취진양에게 다가가 놈을 묶기 시작했다.

운이 좋아 혈이 풀린다 하더라도 도망치지 못하게 할 생각이었다.

파바밧!

"헉, 헉!"

온 힘을 다해서 달리는 탁곤.

뒤도 돌아보지 않은 채 달려가는 그의 호흡은 빠르게

거칠어져만 간다.

'제길, 제길, 제기랄!'

대체 어떻게 그곳을 찾아간 것인지 모르겠다.

이곳 금문도 사람들은 이곳까지 오는 사람이 무척이나
드물다.

사냥감도 없고, 약초꺼리도 없기 때문이다.

그렇기에 안심하고 있었는데.

'분명 정도맹에서 온 놈이었어!'

짧은 순간이지만 분명 놈이었다.

처음엔 몰랐지만 도망치고 얼마 지나지 않아 그 정체를
알 수 있었다.

당연했다.

놈이 배에서 내리고 난 뒤 금문으로 안내한 것이 바로 자
신이었으니까.

"제길!"

내공을 쥐어짜듯 어떻게든 빠르게 달려 나가는 그 순간
이었다.

"거기까지 하자."

"헉!"

파바밧!

놀랄 틈도 없이 휘의 검지가 탁곤의 몸을 두드리고, 단
숨에 점혈이 된 놈이 움직이지 못하고 떨어져 내리는 것을

간단하게 어깨에 들쳐 멘 휘가 다시 왔던 길을 거슬러 돌아간다.

의외의 선택에 허를 찔리긴 했지만 그뿐이다.

애초에 휘를 따돌릴 수 있을 정도로 빠른 발을 가진 사람은 무림 전체를 통 털어도 존재 할 까 말까이니까.

그런 휘에게서 도망친다는 것은 사실상 불가능한 일이었다.

그렇게 다시 처음의 장소로 돌아왔을 때.

"화령!"

비명과도 같은 휘의 외침이.

쓰러진 화령에게 향한다.

점혈 당한 탁곤을 던지고 빠르게 쓰러진 화령에게 접근하는 휘.

화령의 상태는 말이 아니었다.

온 몸을 먼지로 뒤집어 쓴데다가 입가로 칠공으로 흘리는 피까지.

어지간한 실력자로는 암영들에게 상처 하나 낼 수 없다는 것을 생각해본다면 화령을 습격한 자는 상상을 초월하는 강자라는 결론이 나온다.

두근, 두근.

다행히 맥박이 뛰고 있었다.

내상을 입긴 했지만 목숨엔 큰 지장이 없는 상황.

그제야 휘는 주변을 둘러보았다.

놀랍게도 주변엔 어떠한 피해도 없었다.

나무가 부러지거나, 땅이 파인 흔적조차 없다.

심지어 그녀가 쓰러져 있는 장소는 다시 생각해보니 놈이 쓰러졌던 바로 부근.

'경계를 서는 와중에 대응할 틈도 없이 당했다고? 그게… 말이 되는 건가?

화령의 실력에 대해선 누구보다 잘 알고 있는 휘다.

설령 검제나 괴검이 몰래 습격을 한다 하더라도 지금의 장면을 연출하는 것은 불가능하다.

바로 그때였다.

쩌적, 쩍!

파사삭!

화령이 있던 곳을 중심으로 나무들이 비명을 내지르며 죽기 시작한다.

마치 고목나무가 최후의 비명을 내지르듯.

문제는 당장 눈에 보이는 나무들은 싱싱한 상태 그대로라는 것이다.

사람이 손을 대지 않으면 족히 수백 년은 살아갈.

그런 나무들이 비명을 내지르고 단숨에 잎사귀를 떨어트리고 있었다.

살랑, 살랑.

바람에 날려 휘의 손에 닿은 잎사귀가.

파사삭.

단숨에 재로 변해 사라진다.

"설마!"

자리에서 일어서는 것과 동시 휘는 재빨리 진각을 크게 굴린다.

쩌엉!

원을 그리며 사방으로 퍼져가는 진동!

파바삭. 파삭!

쩌저적!

기다렸다는 듯 화령을 중심으로 거대한 원을 그리며 단숨에 죽음을 맞이하는 나무들!

그것을 보며 휘는 단숨에 깨달을 수 있었다.

이 자리에 누가 왔다 간 것인지.

"음마선인(音魔仙人)… 그가."

휘도 이름만 알고 있을 뿐 그의 얼굴은 모른다.

다만 확실한 것은 일월신교의 초고수가 이곳을 다녀갔다는 것이다.

오직 교주의 명에만 움직이는 일월신교의 그림자.

'벌써 그가 움직였던 말인가? 그럼 놈이… 일월신교 내부에서 꽤나 중요한 자란 소린데. 실수한 건가.'

단순히 둘 다 잡을 생각이었는데, 실수였다.

자신의 손에 남은 것은 껍데기고, 그 속살은 빼앗겨 버렸다.

"놈에게서 더 알아낼 것이 많길 바라는 수밖에 없나."

입이 쓰다.

그래도 다행인 것은 음마선인을 상대하고서도 화령이 무사하다는 것이다.

다시 말해 놈 역시 전력을 다하지 않았다는 뜻.

만약 전력을 다했다면… 화령은 결코 무사하지 않았을 것이다.

그리고 이것이 뜻하는 바는 여러 가지가 있지만 가장 큰 것은 아직 소란을 일으키고 싶어 하지 않는다는 것이었다.

만약 자신과 음마선인의 싸움이 시작되었다면….

단순히 초고수의 충돌이 아닌 금문도의 파멸이 시작될 수도 있는 일이었으니까.

'음공(陰功)이라… 최악의 패로군.'

당장 휘 자신에겐 문제가 없다.

충분히 대응 할 방법도 있고.

문제는 암영들이었다. 암영들에게 있어 최악의 상성을 가진 것이 바로 음공이었는데….

그 음공의 절대고수가 모습을 드러낸 것이다.

물론 이후에도 무림에서 움직일 것인지는 알 수 없지만,

일단 움직였다는 것이 중요했다.

"위험한데."

자신이 없는 사이에 암영들이 놈과 부딪친다면?

백이면 백.

전멸이다.

암영들의 몸은 금강불괴를 익힌 것처럼 외부의 충격에는 어마어마하게 강한 모습을 보여주지만 음공과 같이 직접 내부를 타격하는 것에는 취약한 모습을 보인다.

물론 개인의 차이는 있다.

하지만 일종의 내가중수법이라 할 수 있는 것들에게 취약하다는 것은 사실이다.

특히 음공은 까다로운 상대였다.

지금처럼 아무런 흔적을 남기지 않고서 광범위한 타격을 주는 것이 가능한 무공이니까.

익히기 어렵기로는 손에 꼽히는 무공이지만, 반대로 제대로 익힌다면… 무림에서 막아내기 아주 까다로운 고수가 탄생하는 것은 시간 문제였다.

"쉴 틈이 없군. 쉴 틈이…."

한숨과 함께 화령을 품에 안아든 휘가 탁곤을 어깨에 대충 걸치곤 몸을 날린다.

금문을 향해서.

탁곤을 심문한 결과 금문을 위기에 빠트렸던 것의 정체가 밝혀졌다.

"이 작은 것이…."

"그것이 고독의 무서운 점이죠. 자신도 모르는 사이 흡입을 하게 되고, 살아남은 놈들은 이곳에 자리를 잡습니다."

툭툭.

자신의 머리를 두드리는 휘.

그 모습에 금문주 금천검 구양세문은 이를 악물며 의자에 포박당한 채 고문에 기절한 탁곤을 노려본다.

당장에라도 목을 쳤으면 좋겠지만 아직은 그럴 수 없다는 것이 원통할 따름이다.

"다행이 아직 미완성의 고독인데다 놈이 암컷을 아직 깨우지 않아서 해독제를 만들 수 있었던 것이지. 완성된 것들이었다면 일이 어려울 뻔 했습니다."

"으음…!"

해독제는 휘가 직접 만들었다.

암컷이 깨어나지 않았다곤 하지만 해독제를 만드는 것이 쉬울 리 없다.

그럼에도 휘가 만들 수 있었던 것은 혈마공이 고독에 대해서도 제법 내용을 다루고 있기 때문이었다.

세상 모든 고독에게 최악의 상성을 가진 것이 바로 혈마공인 탓이다.

여러모로 복잡하지만 결론은 휘의 피를 희석시킨 물을 마시게 함으로서 고독들을 잡을 수 있었다.

휘의 피에는 작지만 혈마공의 기운이 녹아 있었고, 이 기운이 사라지기 전에 피를 섭취하면 그 기운들이 몸을 돌며 고독을 죽이고 사라지는 것이다.

그런 사실을 모르는 금문주로선 휘에게 고마워 할 수밖에 없었다.

또한 탁월한 안목으로 이런 사내를 금문에 보내 준 검제에게도.

"내 이 은혜를 잊지 않겠네. 이 놈은 본문의 규율에 따라 엄중한 절차를 거쳐… 사형에 처할 것이네."

"뜻대로 하시면 됩니다. 일이 잘 해결되고 나면 정도맹의 행보에 힘을 실어주시면 감사하겠습니다."

"물론이네! 일이 끝나는 대로 몸을 추슬러 정도맹에 합류하겠네."

호언장담을 하는 금문주를 뒤로 하고 휘는 간단한 작별 인사와 함께 화령을 데리고 금문도를 떠났다.

배에 오름과 동시 휘의 얼굴이 굳어진다.

화령이 쓰러진지 벌써 며칠이 흘렀건만 정신을 차리지 못하고 있었다.

맥박도 정상, 몸의 기 역시 정상이다.

물론 약간의 내상이 있는 것은 사실이지만 이 정도는 무시할 수 있을 정도.

그럼에도 정신을 차리지 못한다는 것은 심각한 문제였다.

"역시 머리를 다친 건가…."

만약 그렇다면 문제가 심각했다.

어쩌면 두 번 다시 일어서지 못할 수도 있으니까.

하지만 휘의 걱정은 배가 육지에 도착함과 동시 사라졌다. 화령이 다행히 정신을 차린 것이다.

"헤… 이거 괜찮네."

등에 업힌 채 빠르게 움직이는 와중에 화령이 얼굴을 붉히며 작게 중얼거린다.

일부러 다칠 생각은 조금도 없지만.

이런 혜택 아닌 혜택이 자신을 기다리고 있다면 때론 조금 다치는 것도 나쁘지 않다고 생각한 그녀였다.

물론 바보 같은 생각이라는 것은 자신도 잘 알고 있지만.

❖

"햐! 죽을 뻔했습니다. 주군께서 비밀리에 붙여 주신 호위가 아니었다면… 주군?"

"비밀 호위라…."

신이 나서 떠들어대는 취진양을 보며 장양운은 굳은 얼굴을 풀 수 없었다.

취진양이 금문도에서 모종의 실험을 한다는 것은 그도 알고 있는 일이었다.

그의 허락이 없인 실력도 되지 않는 취진양이 중원에 올 수 없었을 테니, 당연한 일이다.

다만 문제가 되는 것은 그곳에서의 일을 들켰다는 것이 아니었다.

바로 취진양을 구해 준 비밀 호위의 존재였다.

"오늘은 그만하고 내일 하도록 하지."

"이런, 제가 휴식을… 죄송합니다. 내일 뵙겠습니다."

피곤한 얼굴의 장양운을 보며 취진양은 재빨리 자리에서 일어나 집무실을 벗어났다.

혼자가 되고 나서야 장양운은 자신만의 시간을 가질 수 있었다.

여전히 책상 앞에는 산더미 같은 서류가 쌓여 있지만, 그것에 손을 뻗진 않는다.

"비밀호위 따윌 붙인 기억은 없는데 말이지."

실제로 장양운은 취진양에게 비밀 호위를 붙인 기억이 없었다.

금문의 무인들이 까다롭다고는 하나 취진양이 실행할 실험은 그의 존재가 거의 드러나질 않기 때문에 딱히 호위가 필요 없다고 생각했다.

게다가 당시엔 호위를 붙여 줄 수 있을 정도로 무인이 넉넉한 편도 아니었고.

차후에 붙여야지 했던 것이 깜빡 잊어버린 것이다.

즉, 취진양을 구해 준 비밀 호위의 존재는 그도 전혀 알지 못하는 자란 것이다.

확실한 것 하나는 교의 인물이라는 것.

취진양을 구해서 유유히 곤륜으로 왔다고 하니, 그것만큼은 확실할 것이다.

'누구지? 누가… 설마?'

딱 한 사람.

신교의 모든 것을 알고 있으면서, 자신의 눈을 피해 비밀호위를 파견 할 수 있는 한 사람.

"사부님께서?"

일월신교주 밖에 없었다.

만약 자신의 추측대로라면 취진양이 자신의 사람이고, 그가 비응단을 부활시킬 수 있을 정도로 천재라는 것 역시 교주가 이미 알고 있다는 것이다.

사부인 교주가 그 사실을 아는 것은 문제가 되지 않는다.

비응단에 대한 것은 이미 어느 정도 알려졌고, 자신이 직접 보고를 하기도 했으니까.

문제는… 왜 취진양을 구했냐는 것이다.

자신 몰래 비밀 호위까지 붙여가면서.

'귀한 인재기 때문에?'

그건 아니었다.

아무리 귀한 인재라 하더라도 제대로 능력을 보이지 못한다면 교주는 조금의 신경도 쓰지 않을 사람이다.

그런 의미에서 보자면 취진양의 무공 실력은 형편없음이니 교주가 신경을 쓸 정도는 아닌 것이다.

물론 비응단을 다시 부활, 개량 시키는 어마어마한 작업을 해내긴 했지만 말이다.

'어쩌면 사부님께선 내가 생각지도 못하는 무언가를 취진양에게서 본 것일 지도 모르겠군.'

비응단을 완성시키는 것으로 사실상 취진양에서 얻을 수 있는 것은 끝났다고 생각했는데, 이렇게 되면 다시 생각해봐야 할 수도 있었다.

취진양은 완전한 자신의 사람이다.

그런 이에게 뭔가를 더 얻어 낼 수 있다면 그것보다 좋은 일이 무엇이 있겠나.

그렇게 장양운이 깊은 고민에 빠져 있을 때.

정작 취진양을 구한 음마선인의 발걸음은 교주가 아닌 다른 사람과 독대하고 있었다.

"수고 하셨습니다."

"별 것 아니었습니다. 오랜만의 외출이기도 하고, 꽤

재미있는 시간이었습니다."

"그리 생각해주시면 감사하지요."

"그럼, 다음에."

정중히 인사를 마치고 사라지는 음마선인.

그리고 그 앞에 앉아 있다 일어서는….

단목성원.

장양운의 추측과 달리 취진양에게 비밀리에 호위를 붙인 것은 바로 단목성원이었다.

음마선인은 신교 내에서도 아는 사람이 극소수의 초강자다.

단목성원 역시 아주 우연히 그와 인연이 닿았고, 덕분에 이번 일을 부탁 할 수 있었다.

본래 교주의 명령 이외엔 움직이지 않는 그이지만 이번 만큼은 단목성원의 얼굴을 보고 움직인 것이다.

사실 그를 취진양에게 보낸 것은 놈의 성과를 자신의 것으로 만들기 위함이었다.

취진양이 금문도에서 또 다른 무언가를 하려고 한다는 정보를 입수했을 때 떠오른 생각이었다.

즉흥적이었지만 나쁘진 않았다.

'비록 고독을 다루는 것에는 실패했지만 나쁜 일만은 아니야. 장양운의 머릿속을 어지럽게 만든 것만으로도 충분해. 그리고….'

으드득!

단목성원의 몸에서 광폭한 살기가 쏟아져 나온다.

단숨에 목을 물어뜯어 버릴 것 같은 거친 살기.

"놈. 역시 살아있었구나."

음마선인이 당시의 상황을 이야기하는 와중에 모습을 드러낸 한 사내.

그 역시 제대로 살피진 못했기에 정확하게 설명하진 못했지만.

그것으로 충분했다.

놈이라는 것을 확신하기엔.

"처음부터 죽었을 것이라곤 생각지도 않았다. 놈…! 반드시 내 손으로 죽여주마! 장양운과 함께!"

79 章

  책상 앞에 산처럼 쌓인 서류들을 빠르게 처리하는 신묘의 얼굴은 어둡기만 하다.

  그러다 결국.

  "어렵군."

  한숨과 함께 서류를 내려놓고 자리에서 일어섰다.

  그의 책상을 가득 채우고 있는 것은 암영들이 조용히 움직이며 모아다 준 정보들이었다.

  이 정보들을 바탕으로 놈들을 한 번에 소탕하려고 했는데.

  정보를 취합하면 취합 할수록 그것이 불가능한 일임을 알게 되었다.

'생각했던 것보다 광범위하게 놈들이 숨어 있는 것도 모자라, 아직 철저히 모습을 감추고 있는 이들도 있다. 이번 일은 한 번에 처리를 해야 하는데… 이렇게 되면 어렵다. 너무나도.'

"후우…."

절로 한숨이 푹푹 쉬어진다.

속전속결이 이번 일의 핵심.

헌데, 속전속결로 처리 할 수 없게 되었으니 시작도 전에 좌초된 것이나 마찬가지.

드러난 이들이야 작은 증거만으로도 충분히 넘어 갈 수 있겠지만 그렇지 않은 자들은 설명하게 너무나 어려웠다.

아무리 대의를 위한 것이라곤 하지만 명분이 없는 이상.

사람들의 눈엔 정도맹의 횡포로 밖에 보이지 않을 것이다. 그리 되면… 끝장이었다.

하나로 뭉쳐도 힘든 마당에 뿔뿔이 흩어진다면 기다리고 있는 것은 정파의 몰락뿐이니까.

'그것도 다시 부활 할 수 없는 나락으로 떨어지겠지.'

부르르!

생각하는 것만으로 몸이 떨려온다.

어쨌거나 혼자 생각을 한다고 해서 이번 일은 풀릴 것이 아니었기에 미리 기별을 넣은 뒤, 맹주의 거처로 향한다.

"그러니까 당장 놈들을 쳐내기 어렵다는 거로군."

"생각했던 것보다 더 광범위하게 놈들이 뿌리를 내리고 있었습니다. 어느 정도 대비를 했다고 생각했는데…."

"자네도 틀릴 때가 있는 거지. 사람이지 않은가?"

웃으며 위로를 건네는 검제를 보며 신묘는 쓰게 웃었다.

"놈들이 움직이기 전에 처리를 하려고 했습니다만, 이렇게 되면 아무래도 어렵죠. 정보가 넘어가는 문제도 있겠지만 가장 큰 문제는 역시 은근한 방해가…."

신묘의 말을 검제는 손을 들어 막으며 입을 열었다.

"괜찮네. 그 정도는 이 자리를 수락하면서 이미 각오를 하고 있었던 것이니."

"으음…!"

"애초에 놈들이 심어 놓은 자들이 많을 것이라 생각하고 시작한 일이 아니겠나. 놈들의 눈을 피한 문파가 몇이나 될 것이라고 보나? 거의 없을 것이네. 단숨에 처리하는 것이 어렵다면 하나씩 해결하는 수밖에 없겠지."

"숨을 수도 있습니다."

"이럴 땐 자네도 머리가 안돌아가는 것 같군."

미소를 짓는 검제를 보며 신묘는 묘한 감정을 느꼈다.

혼자 생각해선 답이 나올 것 같지 않아 이곳으로 온 것은 사실이지만, 설마하니 정말로 그가 답을 내놓을 것이라곤 예상치 못했던 것이다.

"지금 우리가 파악하고 있는 인원이 몇이나 된다고 보는가?"

"으음…."

"놈들에게 보란 듯이 잡아내는 거지. 하나씩. 그러면 자네 말대로 꽁꽁 숨을 수도 있겠지. 하지만… 숨어든 놈들을 계속해서 잡아낸다면? 자네가 할 수 있는 방법이 뭐겠나?"

"아…!"

그제야 검제가 무엇을 말하는 것인지 깨달은 신묘가 감탄한다.

너무나 단순하고, 정공법에 가까운 것이라 생각지도 못했다.

"숨어도, 숨어도 발각이 된다면 선택은 둘 뿐이죠. 도망치거나, 이를 드러내던가."

"바로 그거지. 어렵게 생각할 필요가 뭐가 있는가? 게다가 우리는 알지만 놈들은 전혀 모르는 상황이니, 굳이 머리를 쓸 필요가 없는 거지."

"이거, 어쩌면 처음 계획했던 것보다 훨씬 더 나은 상황으로 몰고 갈 수도 있을 것 같습니다. 아예 파악하지 못한 자들까지 처리 할 수도 있을 것 같습니다."

"때론 나처럼 단순하게 생각하는 것도 필요한 법이네. 뭐, 자랑은 아니네만."

웃음을 터트리는 검제를 보며 신묘는 고개를 저었다.

자신 혼자서는 풀 수 없는 문제였다. 생각을 바꾸어 이곳으로 오길 아주 잘 했다.

그런데 여기까지 생각이 미치자 한 사람이 떠오른다.

"문제가… 하나 있군요."

"문제?"

무슨 문제가 있냐는 얼굴로 신묘를 바라보는 검제.

"그렇게 일을 진행하면 그의 도움이…."

"아! 필요 없어지게 되는 군."

그제야 검제도 생각난 듯 고개를 끄덕인다.

놈들을 당당히 잡아내고자 한다면 정도맹 무인들을 동원하는 게 옳은 일이다.

다시 말해 휘의, 암문의 도움이 필요 없어지게 된 것이다.

정보는 충분히 취합되었고, 일을 실행하는 것도 정도맹 무인들.

"난감하군. 도움을 달라고 불렀는데, 정작…."

"이 정도 일로 틀어질 사이는 아닙니다만, 사과는 해야하겠지요. 그리고 될 수 있으면 암영이라 불리는 그들 중 몇은 지원을 받았으면 합니다. 아주 뛰어난 인재들이더군요."

쓰게 웃으며 말을 하는 신묘.

이번 일을 하면서 암영들의 우수성에 대해선 누구보다 잘 알 수 있었다.

자신의 수하들이 파악하지 못했던 것들까지 빠르게 파악해서 전달해주니, 일의 능률이 어마어마한 수준으로 올라갔던 것이다.

게다가 앞으로의 일을 위해서라도 암영들의 지원은 반드시 필요했다.

"염치없는 건, 저도 압니다만, 어쩌겠습니까? 사람이 부족한 것을."

"알고 있네. 아직 자신의 것들을 내놓지 않는 놈들이 많아서 임을 누가 모르겠는가?"

"남은 것은 그에게 어떻게 말을 하느냐군요."

"자네가 하게."

"예?"

"난 지금부터 폐관에…."

"죄송합니다만, 본의 아니게 이야기를 들어 버렸군요."

스르륵.

서로 일을 미루던 찰나에 휘가 어설픈 웃음을 지으며 모습을 드러낸다.

❖

"나쁘진 않은 상황이네요."

암문으로 돌아온 휘에게 사정을 들은 모용혜는 오히려 잘 됐다는 듯 고개를 끄덕인다.

"약간의 전력을 빌려주는 것으로 정도맹과의 의리를 지키고, 이번 일로 인해 최고위층이라 할 수 있는 두 분에게 빚을 지워놨으니 확실히 나쁘지 않아요. 아니, 오히려 좋은 일이네요."

"나도 그렇게 생각해. 그렇지 않아도 신경 쓰이는 일도 있고 말이야. 그리고 천탑상회에 호위 인력을 늘리도록 해. 아무래도 놈들이 그쪽으로 파고들려는 것 같으니까."

"이미 조치를 취했어요."

"조치?"

암영들은 모조리 자신이 끌고 나갔던 상황이기에 모용혜가 할 수 있는 것은 거의 없다시피 했을 텐데, 조치라고 하니 절로 궁금해진다.

"저희 문파에 놀고먹고 있는 사람이 둘 있잖아요. 그 중 한 사람을 보냈죠."

"소운이?"

"폐관에 들어가서 나올 생각도 안 해요."

"그럼 괴검을?"

"네."

당연하다는 듯 고개를 끄덕이는 모용혜를 빤히 바라보는 휘. 그 시선에 그녀가 얼굴을 붉힌다.

"왜, 왜 그러세요?"

"아니. 어떻게 움직였나 싶어서. 어지간해선 안 움직이려고 했을 텐데?"

"어렵지 않죠."

"어렵지… 않다고?"

점점 이해가 되지 않는 휘다.

천하의 괴검을 움직이는 것이 쉬운 일이라니. 그동안 괴검을 움직이기 위해 수많은 공을 들였던 일월신교의 사람들이 들었다면 학을 뗄 일이다.

"먹을 것. 특히 맛있고, 희귀한 것에 대한 집착이 좀 있는 것 같아서 찔렀더니, 생각대로 움직여 주던데요?"

"…먹을 거에?"

"네. 아주 간단하게."

그녀의 대답에 휘는 머리가 아파왔다.

그만한 실력자가, 대체 먹을 것에 넘어간다는 것이 말이 되는가.

필요한 것이라면 얼마든지 제공을 받았을 텐데 말이다.

'그냥 넘기자. 깊게 생각하면 나만 손해니까.'

"어쨌거나 그쪽의 안전은 보장이 되었단 이야기지?"

"그런 셈이죠. 그래도 이쪽에 여유가 생긴 만큼 좀 더 보강을 하는 것도 나쁘지 않구요."

"그럼 그렇게 하지. 사마령."

"호홍. 부르셨습니까, 주공."

기묘한 웃음과 함께 사마령이 웃는 얼굴로 휘의 곁에 선다.

"네가 가라. 부름이 있기 전까지 그곳을 지켜라."

"명을 따릅니다!"

얼굴 가득하던 웃음을 지우며 사마령이 고개를 숙이더니, 곧 모습을 감춘다.

그와 함께 암영의 일부가 사라진다.

사마령을 비롯한 암영들과 괴검의 조합이라면 어지간한 공세에서도 천탑상회의 주요 인물을 지켜 낼 수 있을 것이다.

게다가 자체적으로 보유하고 있는 무인의 숫자도 적지 않음이니 걱정은 접어도 될 것이다.

우웅, 웅.

혈룡검의 양 무릎 위를 가로지르도록 올려놓은 채 명상에 잠긴 휘.

어두운 폐관 수련실을 밝히는 유일한 횃불이 출입문을 통해 들어오는 바람에 희미하게 흔들릴 때.

혈룡검 스스로 붉은 빛을 뿌리기 시작했다.

웅…!

낮은 울음을 터트리는 혈룡검.

그러더니 천천히.

아주 천천히 허공에 떠오르기 시작한다.

휘가 손을 댄 것도 아닌데 공중에 떠오른 혈룡검은 점차 높이 올라가더니 곧 머리 위 1장까지 솟아오른다.

이런 사태를 아는 것인지 모르는 것인지 시간이 지날수록 휘의 몸 주변으로 붉은 기운이 넘쳐흐르기 시작했고.

스르륵.

마침내는 휘의 몸이 떠오른다.

한 척 정도 떠오른 몸은 마치 바닥에 앉은 것 마냥 흔들림 없이 단단히 고정되고.

머리 위에 떠오른 채 움직이지 않던 혈룡검이 조심스럽게 움직이기 시작했다.

처음엔 머리를 중심으로 원을 그리며 한 자리를 돌다가, 천천히 이곳저곳을 날아다니더니 결국엔 휘를 중심으로 방향을 가리지 않고 원을 그리며 빠르게 날아다닌다.

붉은 빛이 선명하게 검이 지나간 자리를 그려내자.

마치 휘의 몸이 붉은 구슬 안에 들어있는 것 같은 신비한 모습을 자아낸다.

'아직 3단계를 완벽하게 정복한 것은 아니었구나.'

명상에 깊이 들면 들수록 자신이 내린 판단이 잘못되었다는 것을 깨달을 수 있었다.

혈마공 3단계를 완전히 자신의 것으로 만들었다고 생각했는데, 사실 그것이 아니었다.

제법 많은 시간을 걸쳐 확신을 했었지만 그곳에선 실전을 치를 수 없었고, 밖으로 나온 이후 치른 실전들은 부족한 부분을 메워주기에 충분했다.

그 과정에서 아직도 자신은 3단계에 이른 혈마공을 완전히 자신의 것으로 만들지 못했다는 사실을 깨달은 것이고.

'혈마공의 깊이는 나로서도 상상을 하기 어려울 정도다. 과신은 엄금이라는 건가?'

본래 자신이 익히고 있던 혈마제령공도 대단한 무공이었다. 헌데 그것의 원류라 할 수 있는 혈마공은 그 차원을 넘어서는 것이었다.

만일 이것을 완벽하게 익힌다면 과연 누가 있어 상대 하겠는가 싶을 정도로.

'만약 혈마공을 대성 할 수 있다면. 일월신교를 없애는 것은 너무나 쉬운 일이겠지만… 그럴 수가 없겠지.'

3단계만 하더라도 그 끝이 보이지 않는 상황.

언제 도달 할 수 있을 것인지 예측조차 할 수 없는 4단계를 넘어 5단계.

그리고 대성.

도무지 상상조차 되지 않는다.

아니, 과연 이것을 완성 할 수 있는 사람이 있는 것인지 조차 알 수 없었다.

'그러고 보니 혈마는 어디까지 도달했을까?'

문득 든 생각.

분명 한 것 하나는 3단계를 훌쩍 넘겼을 것이란 사실이다.

혈마곡에서의 일을 생각하면 제 아무리 3단계의 혈마공만으로도 무소불위에 가까운 힘을 낸다 하더라도 어려운 일.

'혈마가 이 정도라면 천마나 달마 역시 비슷한 수준이었을까? 하긴… 그와 비견되는 괴물을 이젠 만나야 하겠지만.'

번쩍!

휘의 두 눈이 뜨이는 순간 어둡던 폐관실이 밝아졌다가 본래의 모습을 찾는다.

스팟! 팟!

그 순간에도 쉬지 않고 움직이는 혈룡검.

스르륵.

천천히 그 속도가 줄어들기 시작하더니 곧 휘의 눈길이 가는 곳으로 움직이기 시작한다.

그 속도는 이전과 비견 할 바는 아니지만 분명한 것은

휘가 의도하는 곳으로 움직이고 있다는 것이다.

"으음."

신음과 함께 혈룡검을 받아든 휘의 몸이 서서히 땅으로 내려온다.

온 몸으로 땀을 가득 흘리고 있는 휘.

"아직은 여기까진가."

이기어검의 수준에는 이르지 못했으나 그 전의 단계라 할 수 있는 목어검에는 이르렀다 할 수 있었다.

문제는 이 정도로는 실전에서 사용하기 어렵다는 것이다.

아직 완벽하지 않기 때문이기도 하지만 수준 차이가 나는 상대라면 모를까 일정 수준 이상의 고수에겐 통하지 않을 방법이다.

만약 이런 것이 통했다면 왜 과거 이름을 남겼던 수많은 고수들이 이기어검을 쓰지 않겠는가.

결국 이기어검 역시 불완전한 무공이었다. 특히 혈마공의 능력을 생각한다면 휘에겐 더욱이 맞질 않았다.

꾸욱.

주먹을 쥐자 강한 힘이 요동치는 것을 느낄 수 있었지만.

"아직, 아직 모자라. 일월신교를 확실히 무너트리기 위해선… 더 강해져야."

으득!

휘는 아직 잊지 않았다.

자신의 인생을 망쳐버린 놈들의 미친 짓을.

❖

느긋한 걸음으로 험준한 산길을 오르는 사내.

곤륜의 험준함을 마치 평지를 걷는 것처럼 움직이는 사내의 발걸음이 멈춘 것은 곤륜의 이름 모를 봉우리의 정상에서였다.

깎아지는 절벽으로 가득한 경치.

"답답 하느냐?"

순간 사내의 입이 열리고.

스르륵.

조용히 그의 뒤편으로 두 명의 사내가 모습을 드러낸다.

"답답하기도 하겠지. 기껏 무림에 모습을 드러냈는데도 청해에서 움직일 생각을 하질 않고 있음이니. 그렇지?"

"어찌 저희가 주군의 뜻에 의문을 가지겠습니까."

"하하하! 태경이 네놈의 아부는 세월이 흘러도 변하질 않는구나!"

웃으며 몸을 돌리는 사내.

일월신교주였다.

교주의 앞에 무릎 꿇은 두 사람은 똑같은 모습을 하고 있는, 쌍둥이었지만 그 몸에서 피어오르는 기운은 전혀 다른 것이었다.

방금 전 태경이라 불린 사내의 몸에서 뜨거운 기운이 흐르고 있다면, 그 옆에 있는 사내에게선 차가운 기운이 흐르고 있었다.

"휘경이 넌 어찌 생각하느냐?"

"주군께서 뜻을 품은 이상 무엇이 문제겠습니까? 단지 지금은 숨을 고르시는 것으로 보여 집니다."

"후후, 그래. 난 지금 숨을 고르고 있는 것이다. 쥐도 궁지에 몰리면 고양이를 문다 하지 않더냐. 난, 그럴 여유조차 놈들에게 주기 싫은 것이야."

젊은 외모와 달리 나이든 말투를 잔뜩 사용하는 교주지만 누구도 이상하게 여기지 않았다.

젊은 그 모습과 달리 속은 나이를 가늠 할 수 없을 정도로 오랜 세월을 살았으니까. 반로환동을 거치며 이젠 곁에서 설명을 하더라도 믿지 못할 정도로 젊은 몸을 가지게 되었지만.

"그러기 위해선 내줄 것은 적당히 내주고, 취할 것은 확실히 취해야 하겠지."

다시 몸을 돌리며 말하는 교주에게 두 사람은 입을 열지 않았다.

"내가 폐관에 들기 전에 말한 것이 있을 것이다. 오랜 시간 나를 위해 수고를 해주었으니, 밖으로. 세상에 그 모습을 드러낼 기회를 줄 것이라고."

"한 평생을 교주님의 그림자로 살았습니다. 죽을 때까지 그 모습을 지키고 싶습니다."

태경의 진중한 말과 달리 곁의 휘경은 말을 하지 않는다. 그에 교주는 빙긋 웃으며 몸을 돌려 그를 보았다.

"휘경이 넌 생각이 다른 모양이구나."

그제야 동생의 얼굴을 바라보는 태경.

휘경은 조용히 고개를 숙이며 답했다.

"전… 세상으로 나가고 싶습니다. 주군의 은혜는 하늘과 같아, 평생에 걸쳐도 갚을 수 없는 것을 잘 알고 있습니다. 하지만. 세상에 저란 존재가 있다는 사실을 드러내고 싶다는 욕망을 억누를 수가 없습니다. 만약 주군께서 그날 말씀을 하시지 않았다면 죽는 그 순간까지 이 마음을 죽이고, 그림자로 살았을 것입니다."

"내 말이 기폭제가 되어 네 마음을 제어 할 수 없게 된 것이로구나."

"죄송합니다."

"죄송할 것까지야. 그러라고 한 말인데."

웃으며 교주는 태경을 본다.

동생의 말에 충격을 받은 듯 멍하니 그를 보다 교주의

시선에 정신을 차리고 고개를 숙이는 그.

"넌 아직도 뜻이 없느냐?"

"전… 이대로 만족합니다. 저와 동생이 쌍둥이라곤 하나 그 마음까지 같을 순 없는 일. 동생이 그림자 생활을 그만 두게 된다면 제가 그 몫까지 해낼 것입니다."

충직한 그의 대답에 교주는 빙긋 웃어주고선 휘경에게 말했다.

"네 뜻대로 하거라. 하지만 약속처럼 네가 선택한 녀석이 내 후계가 되어야만 할 것이다."

"감사합니다."

"이미 반쯤은 네 뜻대로 흘러가는 것 같긴 하구나."

웃으며 몸을 돌려 수도 없이 많은 봉우리를 바라보는 교주.

"실패는 없을 것이다. 실패는…."

그의 눈이 기묘한 빛으로 물든다.

바람이 분다.

중원으로 향하는 거센 바람이.

80 章

　무림의 분위기가 달아오르고, 대규모 충돌을 대비하여
바쁘게 움직인다.

　무림에 적을 둔 문파라면.

　일정 규모를 넘어서는 문파라면 이번 기회에 그 이름을
크게 알리기 위해 분주하게 움직이고 있었다.

　그동안의 무림은 너무나 평화로워 실력이 있더라도 그것
을 발휘할 무대가 거의 없었다.

　지금과 같은 대규모 싸움이라면 자신의 실력을 아낌없이
발휘하면서 무림에서 큰 명성을 얻을 수 있는 기회이니 어
찌 준비하지 않을 수 있겠는가.

수많은 문파들이 그렇게 준비하고 있을 때, 반대로 무림의 움직임에 전전긍긍하며 어떻게든 자세를 낮추기 위해 움직이는 문파가 있었다.

무림 문파가 거의 없는 것으로 알려져 있는 북경.

무기를 소지하는 것만으로도 마찰을 일으킬 수 있는 곳이기에 무림인들 스스로 출입을 꺼리는 그곳에 둥지를 틀고 있는 문파가 있었다.

아슬아슬하게 북경의 경계선 안쪽에 자리를 튼 천향문(天香門)이란 문파가 있다.

천향문은 무림에서는 그 이름이 지극히 아는 사람이 드물었다. 아는 사람들조차 천향문이 더 이상 무림에서 활동을 하지 않는.

조만간 그 이름을 내릴 것이라 판단하는 자들이 대부분이었다.

그것이… 무려 백년이었다.

비록 알려지진 않았지만 천향문은 무려 백년의 세월을 그 이름을 내건 채로 버티고 있는 것이다.

이름이 높은 것도 아니요, 무림 활동이 있는 것도 아닌데도 말이다.

"곤란하군, 곤란해."

"그러니까 진즉 이름을 바꾸자고 했잖아요, 사부."

"이놈아! 그게 쉬웠으면 왜 이제까지 안 바꾸고 있었

겠느냐!"

"귀찮아서?"

"수련이나 해라!"

"쳇!"

혀를 차며 밖으로 나가는 어린 제자를 보며 천향문주 연태극은 고개를 저었다.

"하나 밖에 없는 제자 놈이… 후우."

하나 밖에 없는 제자임에도 불구하고 사부에 대한 존경심이라곤 눈곱만큼도 찾아 볼 수 없는 제자의 태도에 분노를 느낄 만도 하건만 아쉽게도 지금 연태극의 머릿속엔 그럴 여유조차 없었다.

머릿속엔 무림의 전란을 어떻게 피해 갈 것인가에 대한 생각만이 가득했으니까.

"차라리 무림에 대놓고 활동 할 수 있다면 제자들 몇 보내 놓고 입 닦으면 되겠지만. 그것도 할 수 없고…."

문파 내에 문도가 없는 것은 아니었다.

엄연히 무림 문파이니 만큼 아예 없는 것은 아니지만, 굳이 멀쩡히 잘 살고 있는 제자들을 희생할 만큼 그는 멍청이가 아니었다.

"하필이면 내 대에 들어서…."

그가, 천향문이 무림에 발을 담그고 있으면서도 외부 활동이 전혀 없는 이유는 단 하나.

그것이 문파 대대로 내려오는 단 하나의 금기이기 때문이다.

一. 무림에 발을 담그되, 무림에서의 활동을 금한다.

그 외에도 몇 가지가 있지만 제일 중요한 것은 바로 이것이었다.

한참을 한숨을 반복하던 그가 자리에서 일어섰다.

그리고 능숙하게 방구석에 있는 촛대와 몇 가지 물건들을 만지자.

그그긍.

방금 전까지 그가 앉아 있던 뒤편의 벽이 뒤집히며 밑으로 내려가는 통로가 모습을 드러내고, 연태극이 안으로 들어가자 흔적도 없이 다시 문이 닫힌다.

불을 밝히는 물건이 없음에도 익숙한 듯 연태극은 한참을 계단을 밟으며 지하로 내려간다.

마침내 그 끝에 도착하고 나서야.

품에서 화섭자를 꺼내 벽이 걸린 횃불에 불을 붙인다.

화르륵!

타오르는 횃불과 밝아지는 주변.

연태극의 앞에 모습을 드러내는 검회색의 거대한 철문.

아수라가 선명하게 새겨져 있는 섬뜩한 문을 보던 그가

손을 뻗어, 문을 만진다.

손바닥 전체로 느껴지는 차가운 기운.

우웅.

익숙하게 내공을 밀어 넣는다.

단전이 거의 빌 때까지 내공을 밀어 넣자.

그그긍!

마치 그것이 열쇠라도 되는 듯 거대한 문이 작은 소리와 함께 열리기 시작했다.

완전히 문이 개방되자 연태극은 긴 한숨과 함께 얼굴에 가득한 땀을 닦아 낸다.

"열 때마다 힘든 곳이라니까. 쯧!"

혀를 차며 안으로 발을 들이자.

화륵, 화르륵!

기다렸다는 듯 벽을 따라 불이 밝혀진다.

어떤 원리인지 알 수 없지만 이미 여러 번 봤기 때문인지 그는 거침없이 안쪽으로 발걸음을 옮긴다.

문 너머에는 중앙에 마련된 거대한 비석을 중심으로 세 방향으로 구멍이 뚫려 있었다.

검붉은 빛이 감도는 거대한 석벽.

一. 약속된 자만이 취할 것.

一. 수호자는 수호에만 전념 할 것.

一. 욕심내는 자, 스스로 목숨을 끊을 것.

一. 약속의 때가 도래 했을 때, 금기는 깨어진다.

비석을 따라 한 면에 하나 씩.

웅장하고 힘 있는 필체로 새겨져 있는 글귀들.

보는 것만으로 온 몸을 두드려 맞은 것 같은 고통이 몸에
전가되는데, 이는 착각이 아니었다.

비석 자체에서 뿜어내는 기운이 몸을 두드리고 있는 것
이다.

이 기운에 당한 이들은 자신도 모르는 사이 기운을 빼앗
겨 죽어간다.

정해진 자가 아니라면 아예 이 안에서 활동을 못하게 되
어 있는 것이다.

약간의 시간이 지나자 다시 몸이 풀리기 시작하며, 단전
에서 내공이 차오른다.

그제야 움직이기 시작하는 연태극.

왼쪽의 첫 번째 동굴에는 눈을 의심할 만큼 어마어마한
양의 보물이 산더미처럼 쌓여 있었다.

황금도 많지만 황금의 가치를 뛰어넘는 것들의 양도 결
코 뒤지지 않을 정도로 많았다.

이 방의 보물들을 처분하는 것만으로 중원의 성 하나를
사고도 남음이 있었다.

잠시 방을 둘러보고 나온 그가 향한 곳은 가운데 동굴을 뛰어넘어 오른편의 동굴이었다.

화악.

들어섬과 동시 느껴지는 청량한 향.

크지 않은 동굴이지만 그곳을 빼곡히 채우고 있는 각종 영약들은 그 향을 맡는 것만으로 육신을 건강하게 만들 정도였다.

당장 하나만 밖으로 나가도 수많은 이들이 그것을 노리고 움직일 정도로 대단한 것들 뿐.

"후…."

마지막 동굴에 들어서기 전 단단히 마음을 먹은 연태극이 천천히 조심스런 발걸음으로 동굴 안으로 들어간다.

무기고였다.

몸을 죄는 예기가 사방에서 날아들며 온 몸의 신경을 곤두서게 만드는 곳.

각종 병장기는 물론이거니와 보기 어려운 독특한 무기들까지. 마치 세상에 존재하는 모든 무기의 종류를 준비해 놓은 것만 같다.

그것도 보물이라 불러도 될 정도의 물건들로만.

수많은 보물들을 두고 연태극은 안쪽으로 걸어간다.

안쪽으로 들어 갈수록 더 화려하고 대단한 것들이 나왔

지만 연태극은 안다.

이것들 중 하나만 건드려도 이 동굴 전체가 무너져 내린다는 것을 말이다.

이곳의 보물을 취할 수 있는 방법은 단 하나.

우우우.

동굴의 끝.

커다란 바위에 틀어 박혀 있는 검 하나.

불길한 자색의 기운을 눈에 보일 정도로 흘려대는 저 검을 먼저 취하고 나서야, 이 동굴의 보물을 취할 수 있을 것이다.

"여전히… 무서운 기운이로군."

오싹.

사람의 본능.

그 중에서도 극한의 공포를 건드리는 녀석.

문주 대대로 내려오는 비공을 익혔으니 견뎌 낼 수 있는 것이지, 그렇지 않았다면 단숨에 놈의 먹잇감이 되고 말았을 것이다.

"자미검(紫微劍)…."

세상에 그 이름조차 알려지지 않은 검이지만.

누구든 자미검의 모습을 본다면 홀리고 말 것이다.

당장 자신만 하더라도 초인적으로 참고 있으니까.

만약 이 검이 밖으로 나간다면?

"무림은 끝장나겠지."

자미검에 홀린 이들끼리 처음엔 싸움이 벌어질 것이다. 그리고 그 규모는 점차 커질 것이고.

마지막에 자미검을 손에 쥔 자는 녀석에게 잡아먹힐 것이다.

저 검을 쥘 자격이 있는 자가 나타나기 전까지는 누구도 건드릴 수 없다. 그것은 이곳의 수호자인 자신이라 하더라도 마찬가지.

"주인이 대체 언제 나타날 것인지…"

고개를 저으며 그가 밖으로 빠져나간다.

더 이상 이곳에서 버티고 있기 어려웠기 때문이다.

천향문의 존재 이유는 오직 하나.

저 자미검의 주인을 기다리는 것.

그것을 위해 천향문이 만들어졌고, 지난 세월동안 이 자리를 지켜왔다.

"이름을 바꿀까?"

고민하는 연태극. 어느새 아수라 상이 새겨진 철문을 넘어 밖으로 나온 그의 시선이.

위로 올라가는 계단의 벽을 향한다.

저벅저벅.

가까이 다가가자 그동안 보이지 않던 계단의 벽이 모습을 드러내고.

황혼문, 백리천문, 몽환장, 태을산장….

계단을 따라 수십 개에 이르는 현판이 모습을 드러낸다.

이 모든 것이!

천향문의 과거 이름이자 진정한 천향문의 역사였다.

천향문 자체로도 백년을 버텨온 문파이지만. 그 이면의 역사는 더 길었다.

세월을 헤아릴 수 없을 정도로.

"일단… 이름을 바꾸는 걸로 하고. 우선은 숨을 죽여야 하겠지. 적당히 거미줄 좀 치고 흔적을 치우는 걸로 되려나?"

앞으로 해야 할 일을 떠올리며 천천히 계단을 걸어 오르는 그. 어느새 횃불이 꺼지고.

다시 어둠에 잠겨든다.

❖

소림, 무당, 화산, 아미, 점창, 청성, 공동, 개방.

모두 여덟 개의.

무림에서 모르는 자가 없는 구파일방의 문파들이다. 종남과 곤륜이 무너졌다곤 하지만 아직 굳건히 자리를 지키고 있는 그들.

그 여덟 문파의 이름을 보던 장양운이 붓을 들더니 공동을 지워버린다.

하긴 공동파의 경우 북해빙궁의 침입과 여러 문제들로 인해 상당한 힘을 잃어버린 상태였다.

구파일방이라 부르기 어려운 상태가 되어버린 것이다.

내부적인 문제도 산재하고 있어 건드리지 않더라도 스스로 무너져 내릴 것이 분명했다.

'오히려 건드리면 외부 요인에 의해 다시 일어설 수도 있으니, 그냥 두고 보는 것이 낫겠지.'

공동을 머릿속에서 지워버린 장양운이 눈이 향하는 곳은 개방이었다.

중원의 정보통이라 불리는 개방.

천하에 십만이 넘는 제자들이 있는 것으로 유명하며 개방 특유의 빠른 정보망은 무림 으뜸으로 친다.

자유로운 분위기지만 그 핵심에는 도달하기 무척이나 어려운 곳 중의 하나로, 기나긴 무림의 역사에서 수많은 정복자들이 개방을 없애려 했으나 실패했다.

워낙 그 숫자가 많은데다.

핵심 인원은 꽁꽁 감춰놓기 때문이다.

특히 개방의 후계자는 준비가 완료되기 전까지는 결코 세상에 모습을 드러내지 않는다.

그리고 세상에 모습을 드러내면 이미 그 자체로 개방을

이어 받을 준비가 끝났다는 이야기기도 했다.

"지금 개방을 건드리기엔 어려운 부분이 있지. 우리 쪽 인원도 깊이 들어가지 못했고."

개방에도 일월신교에서 뿌려둔 자들이 숨어들어 있었다.

다만 워낙 폐쇄적인 곳인지라 오랜 세월이 흘렀음에도 깊이 관여하지 못하고 있을 뿐이다.

"어디가 좋을까?"

지금 각 문파의 핵심까지 파고든 곳은 모두 셋.

정도맹이 완전히 하나로 뭉치는 것을 막을 필요가 있다고 판단한 장양운은 모든 일을 뒤로 미루고, 최적의 계획을 짜내기 위해 노력하고 있었다.

이미 사부인 교주의 허락도 받아냈다.

받아냈다 기 보다는 중원에서의 일 대부분을 휘와 단목성원에게 일임했다는 것이 맞을 것이다.

그리고 그 일처리에 따라.

후계가 결정 될 것이고.

다시 말해 하나하나의 선택이 얼음장 위를 걷는 것과 같은 일인 것이다.

단목성원이 수련을 통해 힘을 되찾는 동안, 장양운이 먼저 움직인 것이다.

'이번 기회를 잘 살려야 한다. 딱히 큰 것을 노릴 필요는

없어. 내가 노려야 할 것은… 서로 간의 불신. 그것 하나다.'

장양운은 한 번의 계획으로 많은 것을 얻을 생각을 버렸다.

그리고 이번 계획으로 얻을 것은 단 하나.

서로간의 불신이었다.

정파라는 것들은 오래전부터 귀찮은 존재들이다.

다 죽였다 싶으면 끊임없이 일어나 발목을 붙든다. 이는 과거 일월신교의 기록에서도 나오지만, 과거 다른 문파의 기록에서도 쉽게 찾아 볼 수 있는 이야기였다.

죽여서 되지 않는다면 어떻게 해야 할까.

그 고민에서부터 시작된 것인 중원 각처의 수많은 문파에 오랜 세월에 걸쳐 일월신교 무인들을 심어 놓는 일이었다.

물론 장양운이 한 것이 아니다.

교주의 명령에 의해 시작된 것으로, 장양운이 일월신교에 들어오기 전부터 시작한 일이다.

그것은 정파뿐만 아니라 중원 무림인들을 대상으로 하는 무차별적인 작업이었다.

하나로 뭉치면 귀찮은 존재가 되니, 하나로 뭉치지 못하게 하면 된다.

그 명령 하나를 이행하기 위해 수없이 많은 이들이 조용히 침묵하며 자리를 잡기 위해 노력했다.

제대로 된 활약하나 해보지 못하고 죽어간 이들의 숫자도 결코 적지 않다.

하지만 그렇기에 지금에 와서 무림에.

놈들에게 한방 먹여 줄 수 있는 최고의 패가 완성 된 것이다. 그것도 한방으로 끝나는 것이 아니라, 꾸준히 괴롭힐 수 있는 최고의 패가 말이다.

'사부님께서도 무서운 분이시지. 이 일을 위해 얼마나 많은 수하들을 희생시켰을 런지… 더 무서운 것은 아무런 반항도, 배신도 없이 고스란히 이행하는 놈들이지만.'

언젠가 자신이 교주의 자리에 이르고 나면 그 충성스런 수하들이 자신의 것이 된다.

그것을 생각하는 것만으로도 온 몸에 짜릿한 쾌감이 돈다.

"이번 일. 반드시 성공하고야 만다. 그리고 그 첫 번째는…."

장양운의 손에 쥐어진 붓이 앞에 늘어선 문파 이름들 중 하나를 지운다.

점창.

운남의 절대강자.

그들이 장양운의 목표가 되었다.

점창파는 다른 구파일방과 비교하여 그 역사가 그리 길지는 않다.

하지만 역사가 짧다고 해서 그 실력까지 약하다는 뜻은 아니다.

운남이란 지리적 특색 덕분인지 점창의 무인들은 하나같이 정파인 답지 않게 독하기로 유명했는데, 점창이란 이름을 때고 본다면 사파인이라 생각해도 부족하지 않을 정도였다.

그나마 다행이라면 정파답게 최소한 싸움이 벌어지지 않는 이상은 그 기질을 드러내지 않는다는 것.

또한 일반인들과 다투지 않는다는 것이다.

워낙 험한 곳이다 보니 개개인의 기질까지 어떻게 할 수는 없는 일인 것이다.

운남은 덥고, 습하다.

밀림이라 부를 수 있는 숲과 산이 수도 없이 사방에 널려 있고, 그곳엔 중원에서 볼 수 없는 위험이 곳곳에 도사리고 있었다.

그런 곳에서 자라난 자들이 바로 점창의 고수들인 것이다.

점창이라고 해서 처음부터 운남을 휘어잡았던 것은 아니었다.

운남에는 대대로 대리단가라는 절대문파가 존재했고, 그들의 존재는 적어도 이곳 운남에선 결코 넘볼 수 없었다.

그랬던 대리단가가 무너진 이후 운남의 질서를 새로 잡은 것이 점창이었다.

이후 구파일방의 한 축을 맡게 된 것이고.

"…그렇기에 점창에 파고든 놈들이 자리를 잡기 더 쉬웠겠지. 겉으로 보기엔 아주 거칠지만 일단 가족으로 인정하고 나면 누구보다 감싸고도는 것이 그들이거든."

"중요한 것은 인정을 받는 것이겠네요."

"그렇지. 그 뒤로는 실력만 높인다면 아무런 문제가 없었을 것이고."

"이렇게 보면 참 구파일방이란 이름이 더없이 싸 보이네요."

모용혜의 한숨 섞인 말에 휘는 어쩔 수 없다는 듯 어깨를 으쓱였다.

"그들 탓은 아니잖아. 수십 년에 걸쳐서 기반을 닦아온 일월신교가 무서운 것이지."

"어쨌거나 결론은 점창이 움직일 확률이 높다는 거잖아요. 그것도 내부 분열로 박살이 날 것이고."

거침없는 그녀의 말에 웃으며 휘는 고개를 끄덕인다.

"내 생각이 맞다면 이제 시작이겠지. 그동안 뿌려둔 것이 있으니, 이젠 거둘 차례가 되었다고 생각 할 것이고."

"근데 왜 점창이죠? 휘님의 설명대로라면 이용할 수 있는 문파가 사방에 있는 셈인데?"

"첫째로 이름값이지. 구파일방이란 이름값이 가져오는 무게감은 상당한 것이니까. 둘째로 이미 종남과 곤륜이 무너지고 공동이 유명무실해진 이 시점에서, 가장 이용하기 좋은 문파를 꼽으라면 점창이겠지. 셋째로 점창의 위치."

"운남!"

"맞아. 서쪽에서부터 도망갈 틈을 주지 않고 밀어버릴 생각이겠지. 물론 내 생각이 전부 맞는 건 아니겠지만, 그럴 가능성이 아주 높아."

말은 그렇게 했지만 휘는 자신의 생각이 틀리지 않을 것이라고 확신했다.

왜냐하면 전생에서도 놈들은 서쪽을 완벽하게 장악한 상태에서 동쪽으로 밀고 들어갔기 때문이다.

상황이 여럿 바뀌었다곤 하지만 기본적인 움직임은 바뀌지 않을 것이란 것이 휘의 판단.

만약 자신의 생각대로 놈들이 움직이지 않더라도 크게 문제가 될 것은 없지만, 만약 계획대로 움직인다면….

'놈들에게 제대로 한 방 먹일 수 있는 기회지.'

중원 무림이 놈들의 뜻대로 되지 않는다는 것을 보여 줄 수 있는 아주 좋은 기회였다.

또한 점창 곳곳에 숨어들어 있을 놈들을 제거 할 수 있는 기회이기도 했고.

"태수가 잘해주면 좋겠는데…."

화령의 동생이자 오영의 일인인 태수가 이미 이번 일을 위해 자신의 수하들을 이끌고 점창으로 향한 상태.

조용히 점창을 살피며 일월신교의 간자들을 파악해 놓을 것이다.

휘의 명령이 떨어지면 즉시 놈들의 목을 벨 수 있도록.

작정하고 몸을 은신한 암영을 눈치 챌 수 있는 사람은 지극히 적다.

실력도 실력이지만 은신술에 있어선 무림제일이라 불러도 좋을 존재들이 바로 암영인 것이다.

만약 휘가 이들을 살수로 쓰려고 마음먹었다면 무림제일 살수란 이름은 이미 이들이 가지고 있었을 지도 모른다.

그런 은밀함을 가지고서 암영들은 점창을 마치 자기 집처럼 드나들며 수도 없이 많은 정보들을 캐오기 시작했다.

그렇다고 해서 점창이 만만한 문파인 것은 아니었다.

문파 내부에서 암영들을 압도할 고수가 분명 존재했으며, 점창 전체에 걸쳐 펼쳐져 있는 진법은 눈으로 보면서도 당할 정도로 정교하게 설계되어 있었다.

'역시 대장은 대단해.'

이곳으로 출발하기 전에 휘가 건네준 진법 파훼도.

그것이 점창의 것이라곤 생각지도 못했다. 휘가 준 것이니 만큼 언젠가 쓸데가 있을 것이라고 생각했지만 말이다.

스륵, 슥.

수하들에게서 쉴 틈 없이 올라오는 서류들을 분류 할수록 연태수는 놀라지 않을 수 없었다.

"이거야… 우리가 할 일이 없네. 할 수 있는 것 정도는 확인사살 뿐인가?"

허탈하게 웃으며 서류를 내려놓는 연태수.

이곳에 오기 전 휘로부터 주의해야 할 자들에 대해 들었었는데, 하나 같이 그들 모두가 일월신교의 무인들이었다.

대체 어떻게 휘가 저들에 대해 알고 있는 것인지는 모르지만, 확실한 것은 자신들이 할 수 있는 것이라곤 증거를 모으는 것뿐.

휘에겐 사실 그 증거가 가장 중요한 것이었다.

그것이 없다면 아무리 말을 해봐야 사람들이 믿지 않을 것이 분명하니까.

"일단 맡은 일이니까 하긴 하는데…."

말을 흐리며 서류 몇 장을 따로 챙기는 그.

그리곤 그것을 늘여 놓는다.

"대장이 말해주지 않은 자들 몇의 행동이 이상하단 말이지? 일월신교 이외에 다른 곳에서 심은 것 같지도 않고."

처음 이곳에 왔을 때는 이상 행동을 보이지 않던 자들이었는데, 마치 자신들이 활동하길 기다렸다는 듯 며칠 뒤부터 조금씩 이상한 행동을 보이는 자들.

딱히 드러내놓고 움직이는 것은 아니다.

하지만 평소의 행동이 아닌 것만은 확실했다.

적어도 움직이기 며칠 전까지만 해도 적당한 규칙을 두고 움직였는데, 그것을 벗어나고 있었으니까.

"분명 뭔가가 있는데, 깊이 파고들기 어렵단 말이지."

연태수의 직감은 놈들에게 뭔가 있다고 말해주고 있지만, 문제는 놈들을 깊이 파고 들 인력이 없다는 것이다.

자신이 이끌고 온 암영들로 점창 전체를 살펴야 하다 보니 사람의 숫자가 부족한 것이다.

그렇다고 자신이 움직이기엔 최종적으로 서류를 분류할 사람이 없어지게 되는 것이고.

이래저래 움직일 수가 없다.

"어쩔 수 없나."

결국 입술을 깨물며 그가 내린 선택은 암영들 중 몇몇 인원을 그들에게 붙이는 것이었다.

그만큼 구멍이 뚫리는 셈이지만 어쩔 수 없다고 판단했다.

손을 때는 몇몇에 대한 증거는 충분히 수집했고, 그 뒤의 움직임은 하늘에 맡기는 수밖에.

'일이 터진다면 그건 그것대로 어쩔 수 없는 거겠지. 그냥 내버려 두기엔… 내 감이 결코 보통 놈들이 아니라고 말을 한단 말이지.'

"쯧!"

아무리 생각해봐도 자신의 선택이 옳다고 생각한 그는 곧장 암영들에게 명령을 내렸다.

이곳의 책임자는 연태수.

암영들의 저항은 없을 것이다.

대신 모든 일의 책임은 연태수 본인이 져야 하겠지만 말이다.

'내 감은 틀리지 않아.'

"역시 내 감이 맞았어."

정확히 삼일 뒤 올라온 보고에 연태수는 만족스런 미소를 지을 수 있었다.

물론 그 내용은 웃을 만한 것이 아니었지만, 자신의 선택이 옳았다는 것만으로도 충분했다.

암영이 붙었다는 것도 모르고 바쁘게 움직이던 놈들.

어느 순간부터 미리 파악했던 일월신교의 간자들과 접촉을 시작하더니 며칠 뒤엔 아예 대놓고 모임을 가지기 시작했다.

모르는 자들의 시선으로 보자면 같은 문파 식구들끼리

모임을 가지는 것 같을 것이다. 그 꿍꿍이는 전혀 짐작도 할 수 없을 것이고.

"놈들의 움직임을 보면 대장의 짐작대로 이곳에서부터 시작할 모양인데…."

일에 필요한 모든 자료는 모였다.

명령만 떨어지면 언제든지 놈을 칠 수 있는 상황.

문제가 있다면 놈들의 움직임이 가시화 될수록 부쩍 점창의 분위기도 나빠지고 있다는 것이다.

이대로라면 내부 분열에 의해서 제대로 된 힘 한번 써보지 못하고 지리멸렬 할 수도 있는 상황.

휘가 예상했던 것보다 더 빠르게 일이 진행되고 있는 것이다.

"일단 보고부터."

만약의 경우가 생긴다면 먼저 움직이고 난 뒤, 뒷일을 생각해야 하겠지만 아직은 아니었다.

연태수는 그렇게 판단했다.

"역시… 수상한 놈들이 붙었군."

점창의 장로 중 한 사람인 섬전검(閃電劍) 악중필의 얼굴이 일그러진다.

그는 대외적으론 점창의 장로이자 점창에서도 손에 꼽는 고수 중의 한 사람이었지만, 실제론 일월신교의 무인이었다.

아주 어린 시절에 점창으로 보내진.

점창에 파견된 최초의 일월신교 무인이었다. 다시 말해 이곳 점창에 파견되어 있는 일월신교 무인들을 총괄 관리하는 것 역시 그의 몫이라는 것이다.

얼마 전부터 점창을 살피는 기이한 무리가 있다는 사실은 눈치 채고 있었다.

운기조식을 마치고 명상을 하는 중 우연히. 아주 우연히 잡아낸 작은 기척.

그것이 아니었다면 자신도 지금까지 전혀 몰랐을 것이다.

처음엔 신교에서 온 자들인 줄 알았다. 그곳에서 온 자들이 아니고서야 이런 은밀함과 실력을 갖출 수 없을 테니까.

'그런데 아니었단 말이지. 심지어 우리 쪽 사람을 살피는데 주력하는 것 같고.'

의심은 깊어져 섬전검은 누구에게도 이 사실을 털어 놓지 않았다.

자신이 잡아낸 것은 겨우 몇에 불과하지만, 분명 자신의 눈과 기감을 속인 자들이 또 있을 것이라 생각한 것이다.

그런 자신의 판단은 틀리지 않았다.

미리 다른 자들과 접촉을 했다면 놈들에게 들통이 났을 것이다. 그만큼 놈들은 은밀하게 움직였다.

"어쩐다?"

놈들의 정체는 알 수 없으나 적대적인 것은 확실하다.

심지어 자신들의 정체를 알고서 행동하는 것 같고.

보통의 경우라면 위에 연락을 했겠지만, 지금은 그럴 수도 없었다.

평소와 다른 움직임을 보였다간 놈들의 의심을 살 수도 있으니까.

이런 상황에선 무엇이든 의심하고, 조심해야 한다.

'평생을 점창에서 정체를 숨기고 살았다. 하던 대로만 하면 놈들에게 발각당할 일은 없다. 문제는… 대체 어떤 놈들인지가 문제로군.'

고민을 해보지만 결국 섬전검은 결론을 내릴 수 없었다.

자신은 혼자지만 적은 다수다.

실력에 자신이 있다곤 하지만 놈들의 실력 역시 만만치 않은 것은 분명하다.

'쉽지 않은 문제야. 최소한 다른 이들에게 이 소식을 전할 수 있다면 좋겠는데….'

놈들의 감시가 어디까지 퍼져 있는 것인지 모르는 상황에서 섣불리 움직일 수 없었다.

그렇게 고민이 이어지고 있던 그때.

그의 머릿속을 번쩍하고 스쳐지나가는 것이 있었고, 재빨리 손가락으로 날짜를 세기 시작했다.

"속가제자들의 회합이 이틀 뒤이니, 그때가 좋겠어."

정말 다행으로 이틀 뒤 속가제자들의 모임이 점창에서 있었다.

속가제자의 모임은 일 년에 몇 번에 걸쳐 개최가 되는데, 그때마다 점창 전체가 들썩일 만큼 수많은 이들이 몰려든다.

다만, 이번 모임은 그런 대규모 모임이 아닌 속가제자들 중에서도 규모가 있는 문파나 사업을 벌이고 있는 자들만을 대상으로 하는 것으로 조용히 진행되고 있는 사항이었다.

이는 일월신교의 등장 때문에 이루어지고 있는 일로 이런 식으로 자신에게 도움이 될 것이라곤 생각지 못했다.

'그날 소식을 전한다. 이쪽에서도 어느 정도 대비를 해두는 것이 좋겠지.'

만족스런 미소가 섬전검의 얼굴 위로 퍼져나간다.

하지만 정확히 다음날.

섬전검의 얼굴이 구겨졌다.

이유는 단 하나.

갑작스레 날아든 일월신교의 비밀 연락 때문이었다.

"섬전검이라… 이거, 좋지 않은데."

암영의 보고에 연태수의 얼굴이 왈칵 일그러진다.

며칠을 이곳에서 놈들을 감시하고 있었는데, 이제와 갑작스런 인물이 튀어나온다.

이것이 뜻하는 바가 무엇이겠는가?

자신들이 놈들을 제대로 살피지 못했거나.

"놈이 우리에 대해 눈치 챘거나. 둘 중 하나인데… 이런 상황에선 최악을 가정하는 게 맞겠지."

양자택일의 상황.

어느 쪽이든 좋을 것이 없는 상황이라면 최악을 가정하는 것이 옳은 방법.

다급히 휘에게 보고를 위해 붓을 들던 연태수가 돌연 움직임을 멈추더니 곧 뒤돌아서며 고개를 숙인다.

"대장을 뵙습니다!"

"고생했다."

"아닙니다. 예정보다 빨리 오셨… 아니, 그보다 보고 드려야 할 것이 있습니다."

본래 휘가 이곳으로 오기로 한 것은 사실이지만 지금 등장하는 것은 예정보다 훨씬 더 빠른 일이었다.

그에 놀랐지만 금세 정신을 차리고서 섬전검에 대한 이야기를 털어 놓는 연태수.

태수의 보고를 전부들은 휘는 그의 판단을 전적으로 지지했다.

"이런 상황에선 최악을 가정하고 움직이는 것이 옳지.

섬전검이 암영에 대해서 알아낸 것은 확실해. 그렇기에 최대한 숨을 죽이고 다른 자들과 얽히는 것을 지양했겠지."

"저희의 실력이 부족해서 일까요?"

"그보다는 우연이겠지."

"이런 종류의 우연은 없다고 배웠습니다. 실력이 부족한 탓이겠죠."

으득.

이를 악무는 태수를 보며 휘는 더 이상 말하지 않았다.

속으로는 정말로 이번 일은 우연이라고 생각했다. 어지 간해선 암영들의 기척을 잡아 낼 수 없다.

섬전검이 점창에서 제법 알려진 고수라곤 하나, 그것이 전부다. 일월신교의 무임으로서 실력을 감추고 있더라도 마찬가지.

적어도 일상생활에서 암영의 기척을 잡아낸다는 것은 어려운 일이다.

'그렇다면… 운이 없게도 수련 중에 걸려든 것이겠지.'

제 아무리 은밀한 암영들이라 해도, 마음과 정신을 평안 하게 가져가며 기감을 날카롭게 가다듬고 있는 그 순간까 지 완벽하게 피해 낼 순 없다.

예를 들면 명상수련과 같이 말이다.

휘는 그런 상황을 가정했지만, 딱히 입 밖으로 꺼내들진 않았다.

이 일을 바탕으로 암영들이 더욱 정진하기 위해 노력할 것을 믿어 의심치 않기 때문이다.

"우선은… 전부 철수시켜."

"전부 말입니까?"

"이젠 감시가 필요 없을 테니까."

"그 말씀은…."

"곧 놈들이 움직일 거야. 현 무림에서 가장 부담 없이 건드리고, 가장 큰 충격을 줄 수 있는 곳은 이곳 점창파 밖에 없거든."

웃으며 말하는 휘의 시선이 밖을 향한다.

"굳이 감시하지 않아도, 스스로 움직이기 시작하겠지. 지금까지 참은 것이 용할 정도로…."

81 章

속가제자.

그들은 문파를 지탱하는 진정한 일꾼들이었다.

본파가 위급할 시에는 생계를 뒤로 하고 목숨을 도외시
하며 달려오고, 평소엔 자신이 버는 것에서 조금씩 때어 본
파의 재정에 도움을 준다.

그야 말로 본파가 원할 하게 돌아가기 위한 피와 살이나
마찬가지인 것.

대신 그 대가로 본파는 속가제자들의 도움이 있을 시에
는 빠르게 지원을 한다. 그리고 그 지원이 속가제자가 평소
에 보낸 지원금이 클수록 빠르다는 것은 모르는 자가 없었

다.

그런 속가제자들 중에서도 유난히 빛을 발하는 자들이 있기 마련.

보통 그들을 부르는 특별한 이름이 있기 마련인데, 점창에선 점창이십사검이란 칭호와 함께 각 개인의 실력이나 위상에 따라 순위를 부여한다.

이들 점창이십사검이야 말로 점창 속가제자들의 정점이자 점창파에 막대한 지원을 해오는 점창의 또 다른 힘이었다.

점창파의 내원에 위치한 거대한 회의실.

그곳에 점창이십사검을 비롯 점창의 장문인과 장로들이 한 자리에 모였다.

어쩌면 점창에서 가장 중요한 인물들이라 할 수 있는 이들이 한 자리에 모인 이유는 단 하나.

점창의 힘을 보이기 위해서였다.

"본 상단에선 이번 지원을 위해 모든 것을 내놓겠습니다. 이미 기존의 상행을 정지시키고 식량을 비롯해 각종 무기와 의류, 치료제 등을 대규모로 구매하고 있습니다."

"저희 상단 역시 그러고 있습니다. 여기에 추가로 실력 있는 낭인들을 모집중에 있습니다."

"본파의 정예 삼백 무인을 대기시켜 놓았습니다. 명령만 있으시면 언제든 집결 가능합니다."

"본파 역시 마찬가지입니다."

"저희 역시."

"저희도…."

이곳저곳에서 쉬지 않고 올라오는 점창이십사검들의 보고. 어떻게 보면 조금이라도 본파에 잘 보이기 위한 요식행위에 가깝지만 어쩌겠는가?

조금이라도 본파에 더 잘 보여야 나중에 더 많은 혜택으로 돌아올 것이니.

결국 제자 된 입장과 각 단체를 이끄는 수장된 입장을 섞어 일종의 절충안을 내놓는 것이다.

그것을 모르는 바는 아니지만 누구나 입을 열진 않는다.

당연한 일이고, 서로 들춰봐야 좋을 것이 없기 때문이다.

그렇게 한참 지원 규모와 시기 등을 조율하고 있을 때, 섬전검의 시선이 한 사람에게 향한다.

속가제자들이 점창이십사검 중 하나이자 이들 중에서도 제법 큰 발언권을 쥐고 있는 삼검 전일검 사도후영이란 자였다.

모두가 어떻게든 눈에 띄기 위해 입을 열고 있을 때도, 묵묵히 자리를 지키며 한마디도 하지 않고 있던 그가 섬전검의 시선을 받고 나서야 입을 열었다.

"본문에선 지원을 하지 않겠습니다."

"……."

시끄럽던 회의장이 순식간에 조용해진다.

조용해지다 못해 분위기가 차갑게 바뀐다. 다른 사람도 아니고 삼검의 자리에 오른 그가 한 말이라곤 믿을 수 없었던 까닭이다.

사람들의 시선이야 어쨌든 그는 자리에서 일어서며 말을 이었다.

"솔직히 말해서 이번 일에 본문의 정예가 투입이 된다고 해서 일이 해결될 것이라고 생각하지 않습니다. 오히려 많은 희생을 치른 끝에… 어쩌면 본문이 사라질 수도 있는 일이지요."

"그대는 지금 자신의 뿌리를 지울 생각인가!"

쾅!

주먹으로 책상을 두드리며 분노하는 중년 사내.

일검의 자리에 있는 호표문의 주인 호왕검 두만식이었다. 실력도 실력이지만 점창에 충성을 받치는 인물로 유명했다.

"뿌리를 어찌 지울 수 있겠습니까. 하지만 현실을 직시하자는 겁니다. 우리가 모두 힘을 합친다고 해서 일월신교를 상대 할 수 있겠습니까? 곤륜과 종남이 무너졌습니다. 그리고 당가 역시."

"그것은!"

"우연이라고만 하기엔 압도적인 전력의 차이지요. 정도맹이 본격적으로 움직이고 있다고 하기에는 아직 미약한 부분이 많습니다."

"…그래서 그대가 하고자 하는 말이 무엇인가?"

장로들 중 하나가 불편한 듯 묻는다.

그 물음에 전일검이 주위를 둘러보며 답했다.

"정도맹에 지원을 아끼자는 것이 아닙니다. 놈들의 손에서 살아남기 위해선 우리도 전력을 다해야 한다는 것을 알고 있습니다. 하지만 그 전력을 다하고서… 우리 손에 남는 것이 없다면 그것 또한 문제가 되지 않겠습니까?"

"보상이라면…."

"단순히 보상의 문제가 아닙니다. 무림에서 점창의 위신과 앞으로의 권력이 달려 있는 문제입니다. 지금 이 시점에서 원하는 것을 얻어내지 못하면… 앞으로는 기회가 없을 거라 봅니다. 적어도 이 싸움의 끝을 보기 전엔 말입니다."

"허면 자네의 말은 이번 기회에 정도맹에서 얻을 수 있는 것을 확실히 얻어내자는 말이로군. 승냥이 떼가 되어 어지럽게 변하기 전에."

"그렇습니다. 정도맹으로부터 점창이 충분한 이득을 취할 수 있다면. 본문은 저를 비롯한 제자 전원이 이번 싸움에 참전할 것입니다."

그 말을 끝으로 자리에 앉는 전일검.

전일검의 당당한 말투에 많은 이들이 마지막엔 공감한다는 듯 고개를 끄덕이고 있었다.

어디 하나 틀리지 않은 구석이 없었던 것이다.

'이걸 시작으로 정도맹 곳곳에 구멍이 뚫리게 되겠지.'

전일검과 다시 한 번 시선을 마주친 섬전검은 속으로 웃으면서도 불안해했다.

'문제는 놈들인데… 미약하게나마 잡히던 기척이 완전히 사라졌다. 철수를 했거나, 나조차 기척을 잡을 수 없는 자들이 지켜보고 있다는 것인데….'

놈들이 무엇을 꾸미는 것인지 알 수는 없다.

다만 결코 자신들에게 좋은 일이진 않을 것이란 사실은 세살 먹은 아이들도 알 것이다.

'어쩔 수 없지. 어차피 명령을 떨어졌고, 나는 그 명령대로만 움직이면 될 일.'

섬전검은 깊이 생각하는 것을 그만뒀다.

오랜 세월을 이곳에서 보내왔다. 그동안 흔들리지 않았다면 거짓이겠지만 이젠 그만 쉬고 싶었다.

이번 임무를 성공적으로 끝내고나면 교로 복귀 할 수 있는 길이 열리리라.

그때가 되면.

'자랑스러운 신교의 무인으로 살아갈 수 있겠지.'

❖

"허…!"

"내 이 새끼들을…!"

허탈하게 웃는 신묘와 달리 검제의 얼굴은 크게 붉어져 분노하고 있었다.

눈앞에 놈들이 있었다면 당장 때려죽일 기세였다.

"당장 힘을 합쳐도 부족할 판에 뭐? 이기고 난 뒤의 권리는 찾으려거든 우선 이기고 나서 말하라고 그래!"

"후우… 이미 벌어진 일입니다."

"개새끼들! 정파라는 것들이!"

욕을 토해내는 검제를 보며 신묘는 쓰게 웃었다.

자신도 할 수 있다면 시원하게 놈들에게 욕을 내지르고 싶은 마음이었으니까.

두 사람이 이렇게 분노한 이유는 단 하나.

정도맹의 핵심을 이루는 대형 문파들에게서 비슷한 시기에 날아든 연락 때문이었다.

수많은 글들이었지만 종합하면 결국 하나였다.

"정도맹에 협력은 하겠다. 그런데 대신 우리에게 주어지는 이득은 무엇인가? 그것을 확실히 하고 싶다."

눈앞에 적을 두고서 벌써부터 먼 미래의 이득을 생각하고 있는 것이다.

전력을 다해도 이길 수 없는 적을 두고서 말이다.

이미 몇 차례에 걸친 대회의에서 일월신교의 전력을 우습게보면 안 된다고, 곤륜과 종남, 당가의 일을 교훈으로 여겨야 한다고 수차례 말했었다.

'그렇게 입이 닳도록 말했던 결과가… 겨우 이런 건가?'

허탈하기 짝이 없다.

마음 같아선 당장 군사란 감투를 벗어 던지고 세가에 틀어박히고 싶을 정도로.

그때였다.

스르륵.

작은 인기척이 느껴진다 싶은 순간 두 사람의 앞에 암영이 모습을 드러내며 허리를 숙인다.

"주군께서 전하는 서찰입니다."

"음."

신묘가 그것을 받아들다 나타났을 때처럼 빠르게 사라지는 암영.

"몇 번을 봐도 신기한 녀석들이라니까."

어느새 분노를 가라앉힌 것인지 검제가 사라진 암영의 자리를 노려보며 말한다.

검제인 그로서도 신경 쓰고 있지 않으면 놓쳐버릴 정도

로 암영들의 은신 능력은 대단했다.

물론 마음먹고 찾으려 한다면 어려울 것도 없지만.

빠르게 서찰을 펼쳐 읽어 내려가던 신묘의 얼굴이 점차 밝아진다.

"이거. 큰 선물을 그가 보내주는 군요."

웃으며 신묘가 서찰을 검제에게 건네고.

그것을 읽은 검제의 얼굴 역시 밝아진다.

서찰의 내용은 길지 않았지만, 두 사람의 고민을 날리기에 충분하고도 남을 내용이었다.

"일월신교 놈들이 본격적으로 움직이기 시작한 모양이로군. 그것도 최악의 방법으로."

"문제가 생기더라도 이전에 처리를 할 것을 그랬나 봅니다."

신묘의 말에 검제는 웃으며 고개를 저었다.

"이미 지나간 일이기도 하지만, 그때 움직이지 않은 것은 잘한 선택일세. 자칫 정도맹 자체가 흔들릴 수도 있는 일이니."

자신이 해결책을 제시해 놓고서도 결국 움직이지 못했던 지난날을 떠올려보지만, 이미 지나간 일이다.

지나간 일을 붙잡고 후회해 봐야 돌이킬 수 없는 일인 것이다.

"그것보단 지금 우리가 어떻게 움직이느냐가 중요하지

않겠나?"

"점창에서의 일이 해결될 수만 있다면 다른 문파들도 그 입을 다물게 될 겁니다. 그리고 뭔가 잘못되었다는 것을 스스로 깨닫게 되겠지요."

"그때는… 잡아내자고."

"그리해야 하겠습니다. 한 번에 뿌리를 뽑으려는 것이 과한 욕심이었다는 것을 깨달은 이상, 귀찮더라도 여러 번에 걸쳐서 제대로 작업을 하는 수밖에요."

"자네의 머리를 믿어보지."

검제의 말에 신묘는 고개를 숙일 뿐 대답지는 않았다.

하지만 그 머릿속은 빠르게 돌아가고 있었다.

점창의 일이 실패로 돌아갈 것이란 생각 따윈 조금도 하지 않았다.

그가 직접 움직인 이상 실패로 돌아갈 확률은 없으니까.

❖

유난히 시끄러운 점창의 밤.

정도맹에 자신들의 뜻을 밝히고 나서도 아직도 이것이 옳은 일인 것인지에 대한 이야기가 지속되고 있었다.

다른 문파들 역시 자신들과 같은 뜻을 정도맹에 전달했다는 사실을 아직 모르기에 혹시나 있을 정도맹의 불이익에 대해 걱정하는 이들 역시 적지 않았다.

사실 의견 자체는 팽팽했다.

이번 기회에 이익을 얻어야 한다는 쪽과 정파로서 지금은 그런 것을 논의할 때가 아니라는 의견.

팽팽하던 두 의견이 한쪽으로 기울어진 것은 섬전검을 비롯한 몇몇 점창 무인들의 동의가 있기 때문이었다.

조용히 있던 섬전검의 이야기는 순간이나마 의견이 기울어지게 만드는데 부족함이 없었다.

섬전검을 중심으로 수십에 이르는 자들이 한 곳에 모였다.

이들의 공통점은 모두가 섬전검의 의견에 찬성을 하는 쪽이라는 것이다.

"이번을 기회로 삼아서 확실한 이득을 점창으로 가져와야 합니다. 그동안 정파라는 이름으로 눈앞의 이익을 얼마나 많이 놓쳐야 했습니까? 이번만큼은 손해를 봐선 안 됩니다."

속가제자 중 한 사람의 발언에 모두가 고개를 끄덕인다.

정파. 그 중에서도 구파일방의 한 축인 점창의 무인이란 사실 하나만으로 눈앞의 이익을 보고도 놓아야 했던 것이 한 두 번이 아니었다.

심지어 이번에는 수많은 제자들의 목숨이 걸려있지 않은가.

그들의 목숨을 버리고 얻은 것이 조금도 없다면 그것보다 허무한 것이 어디에 있겠는가.

"과거 정파 무인이라면 무조건 무림의 평화를 위해 목숨을 내놓아야 하는 시절도 있었습니다. 하지만 지금은 세상이 달라졌습니다. 죽은 이들에게도 보상을 해야 합니다. 그러기 위해서라도 이익을 남기는 것은 당연한 일이라고 생각합니다. 많은 이익을 얻을수록 희생한 제자들에게 많은 몫이 돌아갈 테니까요."

"누군가는 죽어서 얻는 재물이 무엇이 중요한가 싶기도 할 겁니다. 하지만 그 돈이 남은 가족들을 위한 것이라면 이야기가 달라지지 않겠습니까?"

"맞습니다."

"옳습니다."

많은 이들이 찬성하고 나선다.

하긴 섬전검의 의견에 찬성하는 자들만 모아 놓았으니 당연한 일일지도 모른다.

확실히 죽은 자들에게도 가족이 있을 것이니, 그들을 위한 준비가 필요했다.

가장이 죽고 나면 생활이 어려워지는 것은 가족이다.

만약 뒤를 든든히 해놓을 수만 있다면 걱정 없이 전장에서 싸울 수도 있는 문제인 것이다.

다만 누구도 입에서 꺼내놓지 않는 말.

가족이 없는 자들.

그런 자들의 몫은 고스란히 소속된 문파에게 전달되어 문파의 재원이 될 것이다.

"이번 발언으로 정도맹에서 본파를 좋지 않은 시선으로 볼 수도 있을 테지만, 그렇다 하더라도 얻어 낼 것은 얻어 냅시다. 일월신교가 아무리 강하다곤 하나, 우리가 진심으로 힘을 합친다면 충분히 물리칠 수 있을 것이라 봅니다."

"저 역시 그리 생각합니다. 과거 일월신교 놈들이 제법 힘을 썼다곤 하지만 저희 역시 제자리걸음을 걷고 있던 것은 아니지 않습니까?"

하나 같이 자신감에 넘치는 모습을 보이는 이들을 보며 섬전검은 무표정한 얼굴을 하고 있었지만 속으론 크게 비웃고 있었다.

'우리라고 제자리걸음을 하고 있을 줄 알았더냐. 실력도 없는 놈들이 입만 살아선… 역시 하루라도 빨리 본교의 세상이 펼쳐지는 것이 진정 세상을 위한 길이겠지.'

이 자리에 앉은 많은 사람들 중 제법 많은 자들이 일월신교에 온 무인들이었다.

정체를 감추고 평범한 무인으로 살아온 그들.

이젠 가면을 벗을 시간이 가까워지고 있었다.

'놈들이 마음에 걸리긴 하지만 이젠 어쩔 수 없다. 위에 보고를 하기에도 늦었고… 일이 잘 처리되기만을 바라는

수밖에. 만약의 경우엔. 내가 나서야 하겠지.'

이미 이번 일의 책임자가 된 섬전검이다.

책임자로서 마지막 순간까지 자신의 정체를 드러내지 말아야 하겠지만 만약의 경우가 온다면 적극적으로 나설 생각이었다.

자신으로서도 간신히 알아차릴 수 있었던 놈들이다.

놈들이 어떻게 움직일지는 알 수 없으나 적으로 나타난다면 자신이 적극적으로 움직이지 않을 이유가 없었다.

그렇지 않다면 신교의 계획은.

적어도 점창에서의 계획은 실패로 끝날 것이고, 더 이상 자신이 설 자리 역시 없다는 것을 의미하니까.

결국 그 역시 목숨이 걸린 일인 것이다.

그렇게 섬전검을 비롯한 이들이 한 자리에 모여 있을 때.

놀랍게도 그 자리엔 휘 역시 함께하고 있었다.

아니, 정확하겐 놈들이 있는 전각의 지붕 위였지만.

아무리 어둠을 틈탔다곤 하지만 밝은 보름달이 떠올라 있는 상태다.

의외로 쉽게 발각이 날 법도 하건만 누구하나 휘를 발견하지 못하고 있었다.

딱히 몸을 감추는 것 같지 않음에도 불구하고 말이다.

'역시 저놈이 이곳의 책임자 같은데…'

지붕 위에 누운 채 하늘을 보며 안에서 들려오는 이야기

144

를 전부 들으며 휘는 섬전검을 떠올린다.

이전 속가제자 회의가 있을 때도 놈의 발언 하나로 회의장의 분위기가 빠르게 바뀌었다.

처음엔 휘도 놈을 의심하진 않았다.

태수에게 받은 보고에서도 섬전검에 대한 내용은 없었으니까. 하지만 시간이 흐르면서 휘의 시선은 놈에게 주목되었다.

분위기가 정도맹에 유리하게 흐른다 싶을 때마다 놈이 입을 열었고, 그때마다 분위기가 바뀌었다.

또한 그때마다 동조하는 놈들.

태수에게 보고 받았던 놈들이 제법 섬전검의 의견에 동의하며 입을 놀린다.

몇몇은 반대 의견을 비치는 놈들도 있었으나 휘는 그것 또한 놈들의 작전이라고 생각했다.

의견이 팽팽하면 팽팽해질수록 논란은 길어지는 법이니까.

'점창에서 시작할 확률이 높다고 생각은 했지만 진짜 이곳에서 시작할 줄은… 이걸 운이 좋다고 해야 하나? 아니, 운이 좋은 거지.'

확실히 운이 좋았다.

이곳이 아니더라도 놈들이 일을 시작할 수 있는 곳은 수도 없이 많았다.

물론 점창에서 시작할 확률이 가장 높다고 본 것은 맞지만 말이다.

'이곳에서의 일이 실패로 돌아가면 일월신교에서도 더 이상 참지 않고 움직이겠지.'

힘으로 할 수 있음에도 불구하고 놈들이 머리를 쓰는 이유는 조금이라도 희생을 줄이기 위해서였다.

작은 희생으로 큰 이득을 거둔다.

이후 무림을 다스리기 위해서라도 전력을 온전하게 유지시킬 필요가 있었다.

일월신교가 원하는 것은 진정한 무림의 패자가 되는 것.

다시 말해서 무너지지 않을 성을 쌓을 생각인데, 그러기 위해선 반드시 전력을 유지할 필요가 있었던 것이다.

'계획대로 놈들의 일이 끝났다면 어쩌면 정말 해냈을 수도 있지.'

이미 자신의 눈으로 반쯤 보지 않았던가.

치밀한 계획과 힘을 앞세우고 움직이던 일월신교의 무서움을 말이다.

만약 중원 무림을 위해 나선 기인이사들이 아니었다면 자신이 천부경을 얻기 이전에 무림 정복이 끝났을 수도 있었다.

그러지 못했으니 지금의 자신이 있는 것이지만.

'나란 존재와 앞으로 나올 수많은 기인이사들을 생각하

면 일월신교의 발목을 분명이 붙들 수 있어. 문제는… 일월
신교주겠지만.'

거기에 아직도 일월신교에는 드러나지 않은 고수들이 아
주 많다.

'쯧, 지금은 여기에만 집중하자.'

나중의 일을 생각하면 머리만 아프기에 당장은 이 일에
집중하기로 했다.

마침 이야기가 끝난 것인지 사람들이 우르르 전각을 벗
어난다.

모두가 밖으로 나갈 때 섬전검을 비롯한 몇 사람이 자리
를 지키고 남는다.

사람들의 기척이 멀어지는 것을 확인하고 나서야 섬전검
은 눈짓으로 모두를 가까운 곳에 모으고선 기막을 펼쳤다.

이야기가 밖으로 새어나가지 않게 하기 위함이다.

"위에서 받은 명령은 다들 알고 있겠지?"

"예."

섬전검의 물음에 일제히 고개를 숙이며 대답하는 자들.

"얼마 전부터 정체를 알 수 없는 자들이 우리에게 붙었
었다. 나 역시 어렵게 눈치 챌 수 있었을 정도의 실력자들
인데 어떤 목적인지는 알 수 없으나 확실한 것은 결코 좋은
의도는 아니라는 것이겠지."

"그렇다면 이미 저희의 계획이 새어나간 것은?"

다급히 물어오는 사람들을 진정시키며 섬전검이 다시 말했다.

"이제 와서 놈들이 뭘 어쩌겠나? 설령 놈들이 우리를 방해하기 위해 움직인다 하더라도 개의치 않을 생각이네. 최악의 경우엔 나도 움직일 생각이니."

"으음…."

"안심하게."

단호한 그의 말에 사람들은 고개를 끄덕이긴 했지만 불안한 표정을 완전히 지우진 못했다.

당연한 일이었다.

오랜 시간을 기다려온 대업인데, 시작도 하기 전에 망가진다면 자신들이 평생에 걸쳐 받쳐온 시간이 의미가 없어지는 것이 아닌가.

차라리 죽는 것이 나을 정도로 허무함을 맛보게 될 수도 있었다.

상상하는 것만으로도 끔찍하지만 말이다.

"어차피 우리에겐 선택지가 없네."

"……."

그 한마디에 입을 다무는 사람들.

어차피 자신들에겐 선택지가 없었다.

중원에 파견되는 그 순간부터 일월신교가 세상에 모습을 드러내고 자신이 진짜 자신으로 살 수 있기를 바랬다.

그리고 꿈으로만 꿔왔던 세상이 코앞에 있었다.

그런 세상을 앞두고 허무하게 죽을 생각은 조금도 없었다. 심지어 교의 명령을 제대로 이행하지도 못한 채 죽는 것도 싫었고.

외부에 들리지 않게 하기 위해 기막을 쳤지만 휘에겐 아무렇지 않게 저들의 이야기가 들려온다.

기막이라는 것도 결국 압도적인 실력 앞에선 무용지물이었다.

물론 저들이야 그런 사실을 모르겠지만.

'참 신기하단 말이지. 아주 어린 시절. 제대로 기억을 하나 싶을 정도로 어렸을 때 보내졌을 텐데, 일월신교의 존재를 잊지 않고 충성을 받친단 말이지. 누구하나 배신하지 않고.'

전생에서도 이에 대해 궁금증을 가졌었지만 당시엔 자유롭게 움직일 수 없는 몸이라 궁금증을 풀 수 없었다.

지금은 얼마든지 자유롭게 움직일 수 있지만 여전히 저들의 충성심이 어디에서 나오는 것인지 알 수 없었다.

딱히 최면을 건 것도 아니고, 고독이나 독에 중독된 것 같지도 않다.

이해 할 수 없는 일인 것이다.

'놈들을 쓸어내다 보면 알 수 있겠지.'

당장 중요한 것은 아니기에 곧 놈들에게 다시 집중하는 휘.

하지만 더 이상 중요한 이야기는 없었던 것인지 곧 기막이 거둬지고 뿔뿔이 흩어진다.

'섬전검이 놈들에게 붙었다는 것 이외엔 별 다른 소득은 없나….'

물론 가장 큰 소득은 놈이 일월신교의 무인이라는 것이지만 그 외에 얻은 것이 없다는 것이 아쉽긴 하다.

'이제 어쩐다?'

편안한 자세로 지붕에 누워 팔베개를 하고선 밤하늘을 바라보는 휘.

사실 놈들의 계획을 저지하기 위해 이곳까지 달려온 것은 사실이지만 막상 움직이려고 하니, 쉽지 않은 일임을 깨달았다.

충분한 증거를 모으긴 했지만 그것만으로 사람들을 납득시키기는 어려울 것이다.

게다가 한 두 사람도 아니고, 이들 전부를 쳐내면 우습게도 점창의 전력 3할은 단박에 날아가 버린다.

여기에 점창의 반발은 당연한 것이고, 어쩌면 정도맹을 탈퇴해버릴 수도 있는 일.

'너무 쉽게 생각하고 온 건가?'

뒤늦게 혀를 차보지만 어쩌겠는가.

이미 이곳까지 와버렸는데.

심지어 정도맹주에게 서신까지 보내버렸고 말이다.

'역시 제일 좋은 그림은 점창 내부에서 해결을 하는 건데….'

남궁세가가 그러했듯 가장 좋은 것은 역시 문파 스스로 해결을 하는 것이다.

그 과정에서 자신들이 모은 증거와 약간의 도움을 줄 수는 있겠지만 어쨌거나 스스로의 손으로 털고 일어선다는 것은 무척 중요한 일이었다.

특히 점창 정도 되는 대형 문파라면 더더욱.

"흠…."

고민하던 휘의 시선이 문득 점창파가 자리 잡고 있는 산의 정상을 향한다.

아니, 정확하게는 옆 산의 봉우리다.

석검(石劍)의 모양을 취하며 까마득한 절벽을 유지한 채 솟아오른 석산의 봉우리.

사람이 도저히 오를 수 없을 것 같은 그곳에 휘의 시선이 머무른다.

"어쩌면…."

눈을 빛내며 자리에서 일어서는 휘.

그리고 곧 모습을 감춘다.

해무산(解武山).

그 이름처럼 무림에서 은퇴한 자들이 모여 사는 산이다. 다른 구파일방도 그러하겠지만 점창 역시 은퇴한 자들이 모여 사는 곳이 있었다.

그곳이 바로 해무산.

점창파가 자리를 튼 산의 정산 인근을 가리키는 것으로 어지간한 실력으론 까마득한 절벽을 타고 오르는 것조차 할 수 없는 허락 받지 않는 자는 접근조차 금지되는 곳이다.

물론 이곳에 들어가기 싫어 죽는 그 순간까지 들지 않는 이들도 많았지만, 더 이상 무림과 인연을 맺기 싫어 들어가는 자들 역시 적지 않았다.

해무산을 오를 정도의 무인이라면 점창에서도 대단히 뛰어난 무인이었다는 뜻.

최악의 경우엔 이곳에 머물고 있는 무인들이 점창 최후의 검이 될 수도 있는 것이다.

그렇기에 해무산에 몇 사람이 머물고 있는 것인지는 오직 한 사람. 점창 장문인 만이 알고 있었다.

휘휙, 휙!

가벼운 몸놀림으로 해무산을 오르는 인형.

야음을 틈탄 그의 움직임은 누구도 눈치 챌 수 없었다.
설령 낮이었다 하더라도 들키지 않았을 정도로.

'생각보다 바람이 제법 부는군.'

옆에서 불어오는 측풍에 얼굴을 찌푸리면서도 빠르게 대
응하며 절벽을 쉬지 않고 올라가는 휘.

단순히 절벽을 타고 올라가는 것이 아니다.

절벽 전체에 걸쳐 펼쳐져 있는 진법을 파훼하며 오르고
있었다.

대체 어떤 사람이 이곳에 진법을 펼칠 수 있었던 것인지
알 수 없지만, 보통의 사람이라면 결코 이곳을 오를 수 없
었을 것이다.

휘에겐 해당 사항이 없는 이야기기도 했고.

'절묘한 곳에 펼쳐져 있기는 하지만 위력이 큰 진법은
아니야. 힘으로도 부술 수 있을 수준. 그걸 알면서도 펼쳐
놓았다는 것은… 최소한 이곳에 오를 수 있는 자격을 보여
달라는 건가?'

파바밧!

휘의 움직임이 더욱 빨라지더니 순식간에 절벽 위로 오
른다.

절벽이 사라지자 그 정상이 모습을 드러낸다.

말이 좋아 해무산이라 부르는 것이지 결국 절벽이다 보
니 정상이라고 해서 딱히 넓은 장소가 있는 것은 아니었다.

하지만.

정상 곳곳에 인위적으로 만들어진 동굴들.

사람의 흔적으로 보이는 것들이 주변에 널려 있었다.

휙—!

가벼운 몸놀림으로 착지한 휘가 주변을 둘러본다.

일단 눈에 보이는 사람은 없다.

제법 많은 동굴들이 있는데 그 안에 사람이 머물고 있는 것인지 확신 할 순 없다.

의례 이런 곳에서 머무는 자들은 죽는 그 순간까지 외부와 접촉을 하지 않기 마련.

스르륵.

결국 휘는 내공을 풀어내기 시작했다.

동굴을 일일이 뒤질 수는 없는 문제이고, 이곳에 누군가가 있다면 어차피 만나야 할 상대다.

그렇기에 굳이 정체를 감출 필요가 없으니 가장 빠르게 이곳에 살고 있는 사람을 파악하는 방법을 택한 것이다.

츠츠츠.

붉은 기운이 빠른 속도로 산에 퍼지더니 곳곳에 있는 동굴로 빨려 들어간다.

동굴은 다양하게 조성되어 있었다.

깊은 곳도 있고, 얕은 곳도 있다.

대부분의 동굴에선 아무런 기척이 느껴지지 않는다. 가

끔 이상한 것이 느껴진다 싶으면… 이미 죽은 자들이었다.

그렇게 한참을 탐색하던 휘가 눈을 뜨고 한 곳을 바라본다.

가장 높은 곳에 만들어진 동굴.

그곳에 한 사람이 서서히 모습을 드러내고 있었다.

"대체 어떤 놈이야?"

벅벅.

기름이 가득한 머리를 긁으며 귀찮다는 듯 모습을 드러내는 중년 사내를 보며 휘는 웃었다.

이곳 해무산 유일한 생존자.

사일검 검가산.

그였다.

'역시 이곳에 있었나?'

사일검 검가산은 전생에서 점창 최후의 무인으로 불리며 중원무림의 편에 서서 혁혁한 공을 세웠던 자다.

뛰어난 실력은 물론이고 머리까지 좋아서 당시 일월신교를 유난히 괴롭혔던 자기도 하다.

사일검에 대해 휘가 알고 있는 이유는 단 하나.

그를 자신의 손으로 죽였었기 때문이었다.

점창에서 유일하게 말이 통할 것 같은 상대라 찾아봤었지만 보이지 않아서 이상하다 싶었는데, 이곳에 있을 줄은 몰랐다.

왜냐하면 사일검이 이곳에 들기는 아직 너무나 젊기 때문이다.

이제 겨우 사십을 넘어가고 있었으니까.

"너냐?"

귀찮다는 얼굴로 밖에 나온 그는 입구에 주저앉으며 휘를 바라본다.

세상 모든 것이 귀찮다는 얼굴을 하고 있는 그.

휘가 기억하던 그의 얼굴과는 정반대다.

자신과 싸우던 그 와중에도 빛나던 그였는데, 지금은 죽은 얼굴을 하고 있지 않은가.

"뭐야, 본문의 제자 같지는 않은데 이곳은 어떻게 온 거냐? 여기에 돈 될 만한 것은 없으니까 그냥 가라. 좋은 말 할 때."

"사일검 검가산. 맞나?"

"누구냐, 너?"

이제는 잊혀 졌을 것이라 생각한 자신의 별호와 이름을 완벽하게 파악하고 있는 휘를 향해 이를 드러내는 그.

하지만 그것도 잠시.

"하긴 내가 알바냐. 싸우는 것도 귀찮으니까, 가. 가라고. 누가 나를 죽이라고 했다면 죽었다고 해. 여기서 나갈 생각 없으니까 그냥 죽었다고 해도 될 거야. 가, 가라고."

손을 휘저으며 얼굴을 찌푸리는 그를 보며 휘는 웃었다.

"이야기를 좀 했으면 하는데…."

"가. 가라고. 귀찮으니까 가라."

말을 끝내기 무섭게 자리에서 일어서더니 몸을 돌리는 검가산을 향해 휘는 빠르게 입을 열었다.

"점창이 무너질 수도 있는 일인데?"

움찔.

순간 움찔하며 발걸음을 멈추는 검가산.

"…나완 상관없는 이야기다."

차가운 한 마디와 함께 동굴 안으로 사라진다.

그의 뒷모습을 보며 휘는 고개를 저었다.

대체 저런 사람이 어떻게 자신의 기억에 남아 있는 모습으로 변했던 것인지 알 수가 없다.

심지어 당시 그는 점창의 무인이라는 사실을 자랑스러워하지 않았던가.

'그랬었는데… 지금은 점창의 무인이라는 것을 아주 후회하고 있는 것처럼 보인단 말이지? 뭔가 있는데… 그게 뭐지?'

검가산이 움직여야만 점창의 일을 원활하게 끝낼 수 있다. 그런데 지금 상황으로 봐선 점창이 무너진다 하더라도 그는 움직이지 않을 것 같았다.

차라리 죽으면 죽었지 점창을 위해 움직이지 않을 것이란 눈빛을 휘는 정확히 읽어냈다.

"흠…."

시간이 있다면 깊이 파고들어서 해결책을 찾아보겠지만 지금은 그럴 수가 없었다.

"그렇다고 힘으로 해결하기도 좀 그렇고… 어쩐다?"

머리를 긁적이며 휘가 고민하는 사이, 동굴 안으로 들어간 검가산의 얼굴 역시 편하지는 않았다.

털썩!

동굴 가장 깊은 곳의 벽을 보고 주저앉는 검가산.

차갑게 돌아섰던 것과 달리 그의 얼굴은 결코 좋지 않았다.

'이제 와서 내게 뭘 어쩌라는 거냐?'

으득!

"나는 이곳을 벗어나지 않을 거다. 점창이 무너진다 하더라도."

이를 악물고 소리 내어 말한다.

마치 자신의 마음을 다잡으려는 듯이.

검가산이 점창을 등진 이유는 하나였다.

고아였던 자신을 거두어 자신의 아이처럼 키워주었던 사부. 점창이 자신의 모든 것이라 누누이 이야기하곤 했던 사부를 점창이 버렸던 것이다.

당시 장문인이 바뀌며 여러모로 소란스러웠던 점창.

그 중심에 사부 역시 원하지 않았어도 휘말렸던 모양이

었다.

난잡한 싸움 끝에 사부는 모종의 임무를 받았고.

임무를 완수하지 못한 채 죽었다.

당시까지만 해도 점창의 미래라며 수많은 이들에게 이름을 알리고 있던 검가산은 사부의 죽음을 해명하기 위해 움직이려고 했으나, 점창은 끝내 그의 발목을 붙들었다.

뒤늦게 검가산이 움직였을 때는 이미 사부를 해한 놈들의 흔적은 말끔히 사라졌고, 사부 역시 자신의 동의도 없이 화상을 해버린 뒤였다.

사부의 뼛가루를 뿌리며 검가산은 다짐했다.

두 번 다시.

절대 점창을 위해 검을 들지 않겠노라고.

그 길로 검가산은 문파에 일방적인 통보를 남긴 채 해무산에 올랐다.

점창 최고의 기대주였음에도 불구하고 점창에선 그를 잡지도, 부르지도 않았다.

그것이 뜻하는 바가 무엇이겠는가.

'사부는 배신당했다!'

그날 이후 검가산은 단 한 번도 산을 내려간 적이 없었다. 그때까지만 해도 이곳에서 살고 있는 몇몇 이들이 있었으나, 지금은 자연으로 돌아간 상태.

주기적으로 절벽의 외줄을 통해 식량이 전달되기 때문에

이곳을 벗어나지 않고서도 살아가는 데는 아무런 문제가 없었다.

사실 오늘 휘를 본 것도 몇 년 만에 사람을 만나는 것이었다.

일단 해무산을 내려온 휘는 임시거처로 움직였다.

어차피 지금 상태에선 점창에 머물러봐야 얻을 수 있는 것이 없다는 것이 그의 판단이었다.

"최소한의 인원만 파견하고 나머지는 돌아가면서 쉴 수 있도록 조치해."

"예."

"사일검 검가산이란 자가 있다. 그에 대해서 좀 알아봐."

"사일검 검가산. 알겠습니다."

고개를 숙인 연태수가 빠르게 방을 빠져나가자 휘는 침상에 드러누웠다.

하루 정도 못 갔다고 해서 피곤을 느낄 리 없지만 푹신한 침상에 몸을 뉘이니 상당히 편안하다.

절로 눈이 감길 만큼.

"어렵네…."

이제까지 너무 달려왔기 때문인가.

처음으로 힘들다는 것이 느껴졌다. 육체적으로도 정신적으로도 꽤나 지쳐있다는 것을 스스로 느낄 정도로.

'처음엔 자신감에 넘쳐 있었는데….'

다시 돌아왔을 때는 자신감이 넘쳐흘렀었다.

일월신교의 계획을 모조리 부수고, 놈들이 수면위로 올라오면 언제든 박살 낼 수 있다고 생각했으니까.

시간이 흐르면서 그것이 결코 쉬운 일이 아니라는 것을 깨달았다.

깨달은 만큼 더욱 강해지려고 노력했다.

자신이 강해지는 만큼 놈들 역시 강해지고 있었지만 어떻게든 이겨낼 자신이 있었다.

그랬었는데… 이젠 살짝 지친 감이 있었다.

"그래도 힘내야 하겠지. 이대로 주저앉을 수는 없는 일이니까."

끼익.

침상에서 다시 일어서는 휘.

그 말처럼 이곳에서 포기 할 수는 없었다.

이미 전생에 자신이 기억하던 많은 것이 바뀌었다. 특히 힘에 있어선 비교 할 수 없을 정도로 이쪽이 수준이 높다.

일월신교도, 중원도, 자신도.

"힘내자."

짝!

자신의 얼굴을 세차게 두드리며 다시 움직인다.

精春歸還

82 章

"음…"

밖에서 흘러들어오는 냄새에 배가 요동을 치고, 군침이 절로 흐른다.

당장이라도 뛰어나가 먹어치우고 싶다는 욕망이 온 몸에 차오르지만 검가산은 이를 악물고 버텼다.

"미친놈. 이게 벌써 며칠 째야."

으득!

이를 가는 검가산.

이곳에서 먹을 수 있는 음식이라고 해봐야 밑에서 올려주는 벽곡단과 간단한 음식이 전부다.

자주 올려주는 것이 아니다보니 될 수 있으면 장기 보관할 수 있는 것들 위주다 보니 어쩔 수 없는 일.

근 십년을 강제로 육식을 끊은 상태다.

그 이전엔 누구보다 육식을 즐겨했던 그였는데 말이다.

그런 그의 동굴 앞에서 태연하게 벌써 며칠째 각종 고기를 구워 먹는 놈.

으드득!

이를 갈고, 손으로 자신의 무릎을 누른다.

"참자, 참아."

십 년 만의 고기 냄새.

그 강렬한 유혹을 이겨내기 위해 검가산은 이를 악물었다.

타닥, 탁.

타오르는 불길 위에서 잘 익어가는 꿩 세 마리.

하루에 한 번.

벌써 며칠째 이곳에 올라와 그때마다 다른 고기를 검가산이 들어간 동굴 앞에서 굽고 있었다.

'제법 오래 버티는데?'

웃으며 부채질을 정확히 동굴 쪽으로 하는 휘.

검가산을 끌어내기 위해 휘가 택한 방법은 바로 음식이었다. 태수에게 검가산에 대한 것을 캐라고 했더니, 그가 가져온 정보 중 하나가 바로 검가산이 모습을 감추기 전에 유명했던 식습관이었다.

'육식을 과할 정도로 즐겼다고 했지. 십년 동안 억지로 육식을 끊었다고 해도, 먹었던 기억이 있는 이상 더 이상 견디기 어려울걸?'

눈에 보이지도 않고, 냄새도 나지 않는다면 아무리 육식을 즐겨했던 사람이라도 어느 순간부턴 생각이 나질 않는다.

하지만 어디까지나 생각나질 않는다 뿐이지, 그때의 기억은 몸이 기억하기 마련.

냄새를 맡기 시작한 이상 검가산은 반드시 밖으로 나올 것이다.

과할 정도로 육식을 즐겼다면 더더욱.

"자, 꿩이 잘 익었으니 이제 먹어 볼까?"

과할 정도로 안쪽에 소리를 내며 꿩을 집어 드는 휘.

그 순간이었다.

"내가 졌다!"

파앗!

검가산의 다급한 목소리와 함께 그가 빠르게 밖으로 나오더니 휘의 손에 들린 꿩을 빼앗아 재빨리 입으로 가져간다.

"후읍!"

찹찹찹!

엄청난 속도로 꿩을 살과 뼈를 분리해가며 흡입하는 검가산.

그 모습에 피식 웃으며 휘는 또 다른 꿩을 손에 들었다.

오늘 쯤 그가 나올 것이라 생각하고 미리 꿩 세 마리를 준비했으니 망정이지, 한 마리만 준비했다면 입도 대지 못할 뻔했다.

획, 획!

순식간에 뼈를 던져버리며 꿩 한 마리를 해치운 검가산의 눈이 불 위에 익어가고 있는 꿩으로 향하고.

"먹어."

휘의 허락이 떨어지기 무섭게 다시 한 번 거칠게 손과 입을 놀린다.

마치 한이 맺힌 사람처럼 말이다.

"꺼억!"

뼈다귀만 남은 꿩을 뒤로하고 검가산은 배를 두드리며 휘를 향해 몸을 돌렸다.

"너. 어디서 들었냐? 밖에서 고기 좀 뜯었단 사실은 오래 전 이야기라 듣기도 힘들었을 텐데?"

여전히 의심을 눈초리를 거두지 않는 검가산을 향해 휘는 무덤덤한 얼굴로 답했다.

"그게 무슨 어려운 일이라고. 그리고 이건 내가 먹으려고 잡은 건데?"

"지랄은. 원하는 게 뭐냐?"

이젠 대놓고 욕을 하며 편하게 말을 하는 검가산.

거침없는 말투와 상대의 신분 따윈 조금도 신경 쓰지 않는. 많은 이들에게 싸가지 없다는 소리를 수도 없이 들어왔던 검가산 본래의 모습이었다.

"뭐, 그렇게 말을 하니까 원하는 게 있는 것 같기도 하고, 없는 것 같기도 하고."

"나 말 돌려하는 거 싫어한다. 실력도 있는 놈이 복수 해달라고 온 것 같진 않고. 뭐냐?"

타닥, 타닥.

모닥불에 땔감을 더 집어넣으며 잠시 뜸을 들이는 휘.

검가산이 꿩에 손을 대는 순간부터 이미 이번 일은 끝난 것이나 마찬가지였다.

스스로의 금기를 깬 이상 더 이상 이곳에서 머물 필요가 없을 테니까. 여기에 자신이 하는 이야기를 들으면 점창을 바로 잡기 위해서라도 나서게 될 것이다.

이러니저러니 해도 점창을 너무나 사랑하는 사내니까.

'다른 곳도 이런 식으로 처리 할 수 있으면 일이 아주 쉽겠어.'

진작 왜 이 생각을 하지 못한 것인지 의아할 정도로 쉬운 방법이었다.

물론 은거한 이를 끌어내야 한다는 것과, 그를 확실히 믿을 수 있느냐라는 문제가 남기는 하지만 그것은 정도맹에서도 충분히 해결 할 수 있는 문제.

이번 일로 은거기인들을 대거 끌어 낼 수 있으니 중원 무림의 전력을 생각해도 더 나은 일이다.

"어이, 말을 하라니까?"

생각이 길었던 것인지 검가산이 불퉁한 얼굴로 말하고.

그제야 휘는 빠르게 이야기를 시작했다.

일월신교의 등장에서부터 점창에 벌어지고 있는 일련의 일들까지.

한참을 이어지는 휘의 이야기를 듣는 검가산의 얼굴은 시시각각 바뀌어간다.

특히 점창에 일월신교의 무인이 숨어들어 있다는 대목에선 당장이라도 놈들의 목을 치러 갈 것 같이 들썩인다.

마침내 이야기가 끝이 나자 이를 갈며 타오르는 눈으로 휘를 바라보는 검가산.

"그… 이야기에 거짓은 없겠지?"

"금방 밝혀질 사실을 굳이 거짓으로 말할 필요는 없지. 그리고 이것."

품에서 놈들에 대한 증거 몇 가지를 꺼내 그에게 건넨다.

그것들을 본 검가산의 얼굴이 붉어지고.

"이 개새끼들을!"

결국 폭발하는 검가산.

당장이라도 움직이려는 그의 발목을 잡은 것은 휘였다.

"감정적으로 움직인다고 해서 해결 될 일은 아니지."

"…네가 방법을 가지고 있다는 소리로군. 아니, 그보다. 네가 원하는 것이 뭐지?"

어느새 차가운 눈으로 자신을 바라보는 검가산을 보며 휘는 속으로 웃었다.

뜨거움과 차가움을 동시에 지닌 사내.

저 모습이야 말로 전생에서 봤던 그것과 똑같은 것이었다.

"내가 원하는 것은 하나. 일월신교의 멸문."

"어려운 일이로군. 놈들은 어떻게든 살아남아 오랜 세월 무림을 괴롭혀 왔다, 알고 있나?"

"풀뿌리하나 남기지 않는 것이 목표지."

"……"

잠시 휘의 얼굴을 바라보던 검가산은 곧 고개를 끄덕인다.

"그 길에 얼마나 많은 희생이 따를 것인지는 알 수 없지만, 어쨌거나 무림에 나쁠 것은 없겠지."

"더불어 점창에도 나쁠 것은 없지."

피식.

휘의 말에 웃으며 자리에서 일어서는 검가산.

"다른 놈이 하는 말이었으면 절대로 안 믿었을 거다. 네 그 두 눈을 믿어보마."

"안 믿어도 상관없어. 점창의 일만 해결 할 수 있다면."

"좋아. 이번 일. 오늘 중으로 끝내주마."

"가져가."

그의 말이 떨어지기 무섭게 휘는 뒤편에서 그동안 모아온 놈들에 대한 증거가 가득 든 목함은 그에게 던졌다.

획-.

가볍게 목함을 받아든 그는 잠시 휘를 보다 몸을 날린다.

점창을 향해 움직이는 그의 반대편으로 서서히 해가 떠오르고 있었다.

이야기를 나누는 사이 벌써 동이 터 오르는 것이다.

"이걸로 점창의 일도 끝인가."

검가산이 나선 이상 점창에 숨어 있는 일월신교의 간자들은 단숨에 정리가 될 것이다.

증거가 있는 자들은 단번에 처리 할 것이고, 심증만 있는 자들은 그 나름대로 처리 할 것이다.

"다른 문파들 역시 이런 식으로 처리 한다고 보면… 일월신교도 더 이상 자리를 지키고 있을 수만은 없겠지. 그보다 일단 움직인 이상 이런 식으로 일처리를 하는 것은 결코 놈들의 방식이 아니지."

누구보다 놈들에 대해 잘 알고 있는 휘다.

그렇기에 더 이상 놈들이 참지 않고 움직이게 될 것이란 사실을 잘 알고 있었다.

거센 폭풍이 몰아닥치게 될 것이다.

그 폭풍 속에서 얼마나 많은 이들이 살아남게 될 것인지는 알 수 없다.

하지만 분명한 것은 하나있다.

놈들을 막아서는 최전방에 자신이 서 있을 것이란 거다.

"장양운… 네놈의 계획이겠지. 이런 건…"

그리고 놈들이 직접 움직이지 않고, 이런 식으로 나오는 이유는 그 뒤에 장양운이 있기 때문일 것이라 생각했다.

"역시 권력을 손에 넣은 건가."

단목성원의 팔을 자른 그 순간부터 장양운이 일월신교의 권력을 손에 넣을 것이란 사실을 알고 있었다.

그리고 이번 일 역시 놈이 꾸민 일일 것이다.

물론 자신으로 인해 물거품이 되었으니, 놈의 평판은 형편없이 떨어질 것이다.

"네놈의 목은 반드시 내가…"

휘의 두 눈에 섬뜩한 살기가 서린다.

운해검 도삭.

그 별호보단 점창 장문인으로 더 잘 알려져 있는 그는 실력은 비록 좀 떨어지지만 특유의 인품과 성격으로 점창을 잘 이끌고 있는 사람으로 평이 높았다.

점창 내외로 평판이 나쁘지 않은 그.

누군가에게 원한을 샀다 하더라도, 점창의 삼엄한 경계를 뚫고 들어오는 것은 불가능하다고 생각했다.

그랬는데….

번쩍.

턱 밑에 들어선 날카로운 검은 무엇이란 말인가.

하지만 그보다 그를 분노케 하는 것은 검을 든 상대가 다른 사람도 아니고 같은 점창의 무인이란 것이다.

"네놈…! 이 일을 감당 할 수 있을 것이라 생각하느냐!"

"소리 질러도 소용없어. 기막을 쳤거든."

웃으며 대답하는 것은 놀랍게도 검가산이었다.

해가 완전히 떠오르기도 전에 점창에 스며든 그가 곧장 달려온 곳이 바로 장문인의 처소였던 것이다.

"네놈!"

"어허, 어허. 움직이지 마! 내 손이 떨려서 실수할 뻔 했잖아."

뻔뻔하게 말을 하면서 느긋한 움직임으로 턱 밑의 검을 움직이는 검가산.

주륵.

날카로운 검에 예리하게 베여 나가는 살가죽.

면도를 하며 실수하는 정도로 가볍게 베이며, 흐르는 붉은 피.

"으음."

"솔직히 말해서 오래 전 그날의 일 때문에 난 점창에 크게 실망을 했어. 그 뒤로 점창이 망하든 말든 두 번 다시 움직이지 않으려고 했었지. 알지? 사부님이 왜 돌아가셨는지. 너는."

"모, 모른다. 그날의 일은…"

"아, 시끄러워. 어차피 이제 와서 들춰봐야 어떻게 할 수 없는 일이라는 것을 잘 알고 있어. 아주 잘~ 말이야. 내가 해무산에 그냥 오른 것이 아니거든."

"…원하는 게 뭐냐."

차가운 눈으로 검가산을 보며 묻는 장문인.

그 물음에 검가산은 웃었다.

"이제야 이야기를 해 볼 만하겠네. 자, 여기서 질문. 넌 점창을 얼마나 사랑하지?"

"뭐?"

"어허, 어허! 대답이나 하지? 묻는 건 나만 하자고."

으득!

대 점창의 심처에 쳐들어오고서도 보이는 놈의 태평한 모습에 장문인은 이를 갈면서도 대답 할 수밖에 없었다.

칼자루를 쥐고 있는 것은 그이니까.

"굳이 대답하자면… 내 목숨과도 같은 것이다. 이 목숨으로 점창을 대변 할 수는 없지만 그만큼 내겐 소중한 것이다."

"그래서 그 자리를 그렇게 원한 거였나?"

"나는 모르는 일이라고 했…!"

슥.

다시 한 번 들어오는 검에 장문인은 이를 갈며 입을 다물어야 했지만, 검가산은 곧 웃으며 검을 거두었다.

"아까도 말했지만 아무래도 좋아. 내가 원하는 대답은 들었으니까."

철컥.

검이 완전히 수납되는 것을 보며 장문인은 자세를 바로하며 아직도 조금씩 흐르는 턱 밑의 피를 닦아낸다.

그 사이 검가산은 휘에게서 건네받은 목함을 꺼내 그에게 던졌다.

툭.

"이건…?"

여전히 노한 얼굴로 자신을 보는 그를 향해 검가산은

휘에게 들었던 이야기를 가감 없이 그대로 이야기했다.

정확히는 점창에 대한 것만.

시시각각 변하는 장문인의 얼굴.

검가산의 말이 끝나기 무섭게 목함을 열더니, 그곳에 가득 든 증거들을 빠르게 훑어 내린다.

"그럴 리가, 그럴 리가…!"

창백해진 얼굴로 연신 같은 말을 중얼거리는 그를 보며 검가산이 말했다.

"믿기 어렵겠지. 나도 그러니까. 하지만 그게… 지금 점창의 현실이다."

"하…!"

결국 한숨과 함께 힘이 빠진 듯 축 늘어지는 장문인.

그 쓸쓸한 모습을 보며 검가산은 한쪽에 있던 의자를 끌어다가 앉으며 말했다.

"기가 막히지? 그래서 내가 내려 온 거야. 아까도 말했지만 처음엔 나도 점창이 어떻게 되든 상관이 없었는데. 그곳에 있던 영감탱이들 때문에 나도 어떻게 된 모양이야. 이야기를 듣는데 지금까지의 다짐은 날아 가버리고 점창이란 두 글자만이 여기랑, 여기에 남더라고."

툭툭.

자신의 머리와 심장을 두드리는 검가산.

"점창. 그 두 글자에 걸고 맹세하건데. 이번 일과 관련된 모든 놈들의 목을 베고야 말겠어. 본문의 무서움을 놈들에게 알려주겠단 말이지."

"…자신… 있나?"

힘겨운 장문인의 말에 검가산은 가소롭다는 듯 웃었다.

"나한테 묻는 말이야? 나 검가산이야. 역대 최강의 재능을 인정받았던 점창의 신성."

"이미 잊혀진지 오래지."

"상관없어. 내 실력은 그때보다 더 높아졌고… 적어도 점창 안에서 날 어찌 할 사람은 없을 테니까."

"…그렇겠군."

자신감 넘치는 검가산을 보며 장문인은 그럴 것이라 생각했다.

점창에서 가장 강한 비호를 받는 곳 중의 하나가 이곳이다. 아무리 문파 내의 지리를 알고 있다 하더라도 쉽게 뚫을 수 있는 곳이 아닌 것이다.

어떤 소란도 없이 이곳에 왔다는 것.

그것 하나만으로도 검가산의 실력은 짐작 할 수 있었다.

그리고 다른 사람은 몰라도 장문인은 잊지 않고 있었다. 역대 점창의 검수들 중 최강의 일인이 될 것이라 믿어 의심치 않았던 재능을 보였던 사내.

만약 그가 해무산으로 가지 않았다면 지금쯤 무림을

호령하는 무인이 되어 있을 것이라고 그는 자신 할 수 있었다.

누구보다 그가 해무산으로 갔을 때 안타까워했던 것이 바로 자신이니까.

"확실하게 하지."

"말해."

"난 자네 사부의 일에 대해서 전혀 모르네. 내가 뒤늦게 알고서 조사를 하려고 했을 때는 이미 관련되어 있던 모든 증거가 사라지고 난 뒤의 일이었지. 이후에도 은밀하게 알아보려고 했지만…."

고개를 내젓는 장문인을 보며 쓰게 웃는 검가산.

"당장은 내 말을 믿지 않아도 되네. 아니, 믿을 수 없겠지. 하지만 이것만은 알아줬으면 좋겠군. 난 단 한 번도 점창의 이름 아래 부끄러운 짓을 해본 적이 없다는 것을."

당당하게 가슴을 피며 말하는 장문인.

그 모습에 검가산은 작게 한숨을 내 쉰다.

"설령… 관련되어 있다 하더라도 지나간 일이야."

"말은 그렇게 하더라도 쉽게 잊혀 지지 않는…."

"그만. 거기까지. 밝혀질 진실이라면 언젠가는 알게 되겠지."

단호한 검가산의 얼굴을 보며 장문인은 고개를 끄덕이며 더 이상 이와 관련된 말을 하는 것을 포기했다.

어차피 검가산이 다시 움직이기 시작한 이상 자신이 아니더라도 스스로 알아볼 기회는 많을 테니까.

'그보다 중요한 것은 본문 최고의 무인이… 다시 움직이기 시작했다는 것이겠지.'

아이러니하게도.

장문인의 가슴은 세차게 두근거리고 있었다.

비록 무공에 자신이 있는 것은 아니지만 보는 눈만은 누구보다 확실하다고 생각하는 그다.

그렇기에 알 수 있었다.

검가산의 실력이 이제까지 자신이 본 자들 중에서도 당당히 한 손에 꼽을 수 있다는 것을.

무림의 쟁쟁한 고수들과 어깨를 나란히 하며.

그 말은 곧.

점창의 신성이 다시 한 번 무림에 비상한다는 것이고, 점창의 이름이 무림에 널리 알려진다는 뜻.

일월신교의 등장과 함께 무림이 혼란스러워졌지만.

'이렇게 되면 기회인 셈이지. 점창이 더 날아오를 수 있는.'

당장 문파 내의 간자들을 잡아내는 것이 먼저지만 그에 대한 걱정은 하지 않았다.

검가산이 나선 이상 어떤 반항을 하더라도 소용없을 테니까.

그렇게 해가 떠오름과 동시 점창이 유난히 소란스러워졌
다.

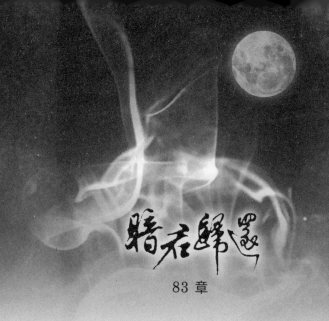

83 章

밤이 야심한 시각.

곤륜산에 빼곡하게 자리를 잡은 수많은 전각들.

정상으로 향할수록 호화로운 전각들이 눈에 띄는 와중에
유일하게 불이 켜진 곳이 있었다.

흔들…

촛불이 바람에 흔들리며 서류를 읽어 내려가는 눈을 방
해하지만 장양운은 익숙한 듯 거침이 없다.

빠르게 서류를 읽고 보완할 점이 없으면 직인을 찍는다.

이 밤이 늦도록 작업을 하고서도 아직 처리하지 못한 서
류가 한 가득이다.

이젠 제법 많은 인원이 이곳으로 건너왔고, 자신의 일을 도울 자들도 많아졌지만 일의 양은 크게 줄어들지 않았다.

당연한 일이었다.

규모가 커질수록 처리해야 하는 일도 많아지고 있었으니.

탁.

"으음… 오늘은 여기까지 할까?"

피곤한 눈을 두 손으로 누르며 자리에서 일어서는 장양운. 아직 서류가 남기는 했지만 이쯤에서 쉬는 게 좋을 것 같았다.

야심한 시각 자신을 찾아온 손님도 있고 말이다.

"오랜만이야."

"그동안 제가 좀 바쁘다 보니."

장양운의 말이 떨어지기 무섭게 그가 웃는 얼굴로 모습을 드러낸다.

휘경은 익숙하게 한쪽에 마련 된 의자에 앉았고, 모습에 고개를 저으며 장양운은 미리 준비되어 있는 차를 준비하며 맞은편에 앉았다.

스윽.

식어버린 주전자를 손으로 감싸고, 잠시 뒤.

부글부글!

삼매진화를 응용하여 단번에 차를 다시 끓인 장양운이 찻잔에 차를 따르고.

그 모습에 휘경은 씩 웃었다.

"이젠 힘을 다루는 것에 많이 익숙해진 모양이로군요."

"아직도 멀었지만, 어느 정도는."

"당장 보이는 것만으로는 괜찮은 것 같군요. 하지만 이 정도로 만족을 해서는 안 됩니다."

"물론이지. 상대가 상대이니 만큼… 이대로 만족할 생각은 조금도 없으니까."

"좋은 말이로군요."

웃으며 그가 건네는 차를 마시는 휘경.

잠시간의 침묵과 함께 차를 마시는 소리만이 들려오고.

달칵.

찻잔을 내려놓으며 먼저 입을 연 것은 휘경이었다.

"점창의 일은 실패로 끝난 모양이더군요. 거기에 정도맹의 움직임을 보면 다른 문파에 파고든 무인들은 시작도 하기 전에 실패로 돌아가겠군요."

"그렇지. 뭐, 솔직히 말해서…."

의미심장한 미소를 지으며 찻잔을 내려놓는 장양운.

"이렇게 될 거라고 어느 정도 예상하고 있었으니까."

"예상… 하고 있었단 말입니까?"

의외의 대답에 눈썹을 꿈틀거리며 장양운을 바라보는

휘경. 그 모습이 재미있던 것인지 웃으며 다시 입을 여는 장양운.

"뭐, 대충은 말이지."

"호… 그렇다면 대비책도 생각해 놓으셨겠군요. 그렇지 않아도 이번 일의 실패로 이런저런 말들이 오갈 것 같은데 말입니다."

"그다지."

"예? 그럼 다른 계획을 세워두지 않았다는 이야기 입니까?"

의외라는 얼굴의 휘경을 보며 장양운은 씩 웃었다.

그리곤 재미있는 얼굴로 휘경을 보며 물었다.

"이제 슬슬 그쪽 이름을 알아도 될 것 같은데 말이야? 가르쳐 준다면 내 생각을 말해줘도 될 것 같기도 하고…."

"하하하! 이거 집요하시군요."

웃기는 했지만 휘경은 아직 장양운에게 자신의 이름을 가르쳐 줄 생각이 없었다.

자신이 장양운을 선택한 것은 맞지만 아직 장양운이 가야 할 길은 멀고도 멀었다.

게다가 이야기를 해주고 싶어도 해줄 수가 없었다.

그것은 오직 교주만이 알 수 있는 것이니까.

찻잔을 다시 들며 입을 열지 않는 휘경을 보며 장양운은 그럴 줄 알았다는 얼굴로 찻잔을 들어올린다.

"슬슬 짜증이 일어서 말이지."

"응? 이야기 안 하는 거 아니었습니까?"

"비밀일 것도 없는 이야기니까."

"뭐가 짜증난다는 겁니까?"

휘경의 물음에 장양운은 손가락으로 책상 위에 가득한 서류들을 가리킨다.

"저 많은 서류들. 아직 본격적으로 움직인 것도 아닌데 몰려드는 서류들을 처리하는 게 이젠 슬슬 짜증이 나기 시작했거든. 처음에는 꽤 즐겁게 시작했는데, 내가 왜 이걸 하고 있는 건가 싶기도 하고 말이야."

"그럼 이번 계획의 실패는…."

"성공하면 좋은 거고, 실패하면 더 좋은 거지. 저 많은 서류에서 탈출하는 방법은 하나."

달칵.

말을 끊고 찻잔을 내려놓는 장양운의 눈이 섬뜩하게 빛난다.

"서류를 만들지 못할 정도로… 강하게 몰아치는 거지. 강한 힘을 손에 쥐고도 제대로 휘두르지 못한다면 그것보다 서글픈 일이 어디에 있겠어?"

"다시 말해서. 자잘한 계획은 없애버리고 굵직하게 밀고 나가겠다는 소리로군요."

"정확해. 적당히 분위기도 올라왔고, 전력도 충분하지.

중원 놈들이 어떤 준비를 했든 상관없지. 박살내버리면 될 일이니까."

살기가 뚝뚝 떨어지는 목소리의 그를 보며 휘경은 속으로 웃었다.

그 역시 청해에서만 머물고 있는 것이 마음에 들지 않던 차였다. 장양운의 말처럼 강한 힘을 쥐고서도 휘두르지 않는다면 그것이 무엇이 필요하겠는가.

더욱이 신교 본래의 파괴적인 성격을 생각한다면 차라리 이렇게 정공법으로 나가는 것이…

교의 무인들에게 더 강하게 호감을 살 수 있는 방법이자, 신교가 가장 잘 할 수 있는 것일 터다.

폭발하기 직전의 힘을 발출 할 곳이 생긴다는 것만으로도 신교 무인들의 반응은 폭발적일 것이 분명하다.

장양운은 바로 그 점을 노리고 있는 것이었다.

'당장은 욕을 먹겠지만… 큰 그림을 그리겠다는 건가? 내 선택은 틀리지 않았어.'

휘경은 머릿속으로 그리고 있었다.

중원을 마음 것 내달리고 있는 자신을.

휘경이 사라지고 난 뒤에도 장양운은 자리에서 움직이지 않았다. 그저 반복적으로 차를 마실 뿐.

달칵.

차가 바닥을 보이고 나서야 찻잔을 내려놓는다.

"놈… 덕분에 수고를 덜었다."

자신의 동생 장양휘의 모습을 떠올리며 웃는 장양운.

놈을 다시 마주했을 때, 그리고 그 실력을 알았을 때의 충격은 아직도 잊을 수 없다.

처음에는 너무나 믿을 수 없어서 수련에 몰두한 적도 있었지만….

"내 뜻대로 움직여 준다면 아무래도 상관없지."

자신의 생각대로 장양휘는 움직여 주었다.

단목성원을 끌어 내렸을 뿐만 아니라 덤으로 팔도 하나 없애주었다. 기왕이면 그때 죽었으면 좋았을 텐데… 아무래도 참 질긴 목숨인 것 같다.

'북해에서의 보고가 없었다면 놈의 생존 소식을 아직도 모르고 있었겠지.'

북해빙궁에서의 일.

혹시나 해서 자신의 사람을 몰래 붙였었는데, 그것이 대박을 터트린 것이다.

처음엔 믿을 수 없었지만 곧 생각을 달리해 계획을 세웠다.

충분한 힘을 쥐고서도 조심스럽게 접근하려는 사부의 생각을 이해 할 수 없었다.

그렇기에 일월신교가 본격적으로 움직일 수 있는 무대를 마련하기로 마음먹었다.

그렇게 희생 된 것이 점창이었다.

제법 오랜 세월 각 문파에 숨어들어 일월신교에 충성을 받친 그들의 노력은 가상하지만, 지금은 그들의 죽음이 필요할 때였다.

'중원 무림에 파고든 자들이 사라짐으로서 잠시간 문제가 생기긴 하겠지만, 그 정도는 무시 할 수 있어.'

놈들에게서 알아낼 수 있는 밀도 높은 정보를 잠시간 잃게 되겠지만 장양운은 충분히 감당 할 수 있다고 여겼다.

정보가 부족하면 그를 넘어서는 힘으로 밀어 붙이면 될 일.

그런 힘이 일월신교에는 충분했다.

"이제… 시작이로구나."

우웅.

일순 장양운의 몸에서 광폭한 살기가 흘러넘치지만 금세 언제 그랬냐는 듯 사라진다.

하지만 두 눈 깊은 곳의 살기까진 완전히 감출 수 없었다.

❖

점창을 시작으로 남은 구파일방의 일을 빠르게 처리한 정도맹.

휘가 검가산을 끌어냈듯 비슷한 방법을 동원하자 그동안 앓고 있던 이가 빠진 듯 시원하게 일월신교의 간자들을 처리 할 수 있었다.

다만 이 일로 인해서 좋든 싫은 각 문파가 받은 타격은 보통이 아니었다.

그것이 눈에 보이는 전력의 약화이든, 심리적인 타격이든.

미리 이점에 대해선 신묘도 생각을 해놓았기에 즉각적으로 도움에 나섰지만 그런다고 해서 단숨에 치유 될 정도는 아니었다.

특히 심리적인 문제가 심각했다.

바로 어제까지 믿고 허심탄회하게 이야기를 하던 동료가 일월신교의 간자라는 사실.

믿었던 사람의 배신은 마음에 큰 상처를 남기기 마련인데, 이번에도 마찬가지였다.

특히나 자신의 모든 고민을 털어 놓을 정도로 친한 사이였다면 더더욱.

"그나마 소림과 무당은 이미 준비를 하고 있었던 덕분에 충격을 최소한으로 줄이는데 성공했지만, 다른 문파들은 아직도 혼란스러워하는 모습이 보입니다."

"어쩔 수 없지. 그래도 멍청한 놈들은 아니니 빨리 털고 일어서겠지. 적을 앞두고 있는 상황에서 멍하게 있다간 목이 날아간다는 사실을 모르는 것도 아니고."

신묘의 말에 검제는 쓰게 웃으며 답했다.

하지만 그것이 현실이었다.

남궁세가라고 해서 같은 일을 겪지 않았던 것이 아니기에, 그들이 걸어야 할 고통에 대해서도 잘 알고 있었다.

당장 신묘가 나서서 그들의 회복을 돕고 있다곤 하지만 그것이 모두를 치유할 수는 없을 것이다.

"스스로 이겨 낼 겁니다. 중심을 잡아줄 사람이 있으니 어렵지 않을 겁니다."

"이번 기회에 은거기인들을 대거 끌어내야지. 나도 아직 현역으로 움직이고 있는데, 나보다 어린놈들이 뒷방에서 뒷짐 지고 편하게 사는 꼴은 못 보지."

"심술이십니까?"

"그럼 이게 심술로 안 보이나?"

되묻는 검제의 모습에 신묘는 고개를 저었다.

"맹의 전력을 강화시킬 수 있는 좋은 기회입니다. 맹주께선 부디 참아주시길."

"언제는 내가 사고치고 다니는 줄 알겠군, 그래. 움직이고 싶어도 걸린 게 많으니 쉬이 움직일 수가 있어야지."

쓰게 웃으며 신묘를 바라보는 검제. 그 시선에 신묘는 시선을 돌린다.

그를 끌어들인 것은 자신이었으니까.

"그보다 그는 지금쯤이면 사황을 만나고 있겠군요."

"말 돌리는 솜씨가 점점 좋아지는 것 같은데…"

"오해십니다."

딱 잡아 때는 신묘를 보며 검제는 웃고 말았다.

그리곤 다시 회의에 집중한다.

"솔직하게 말해서 우린 정도맹처럼 할 수는 없어. 왜 인 지는 대충 알지?"

사황의 물음에 휘는 고개를 끄덕였다.

사파의 습성을 생각해보면 어차피 정도맹처럼 일월신교 의 간자를 색출해 내는 것은 불가능한 일이었다.

물론 사황련에 속해있는 문파들 중에 대규모 문파의 경 우에는 아주 불가능한 일은 아니었지만, 정파와 비교 할 수 없는 손해가 문제였다.

"그래서 내가 온 거다."

휘의 말에 얼굴을 구기는 사황.

그라고 해서 암문에 대해서 모르는 것은 아니었다. 게다 가 이번에 정도맹에서의 일을 성공적으로 끝낸 시발점 역 시 암문이라는 것도 알았다.

련의 정보망을 통한 것도 아니고, 휘 본인이 말을 해 준 것이니 틀리진 않을 것이다.

거짓을 이야기하는 자로 보진 않았으니까.

"조용히 처리 할 수 있으면 처리 하는 게 좋긴 하지. 정파처럼 범인을 끝까지 찾는 일도 드물고. 워낙 원한관계에 얽혀있는 놈들이 많아서."

"그래도 네 입장이 있을 테니, 최대한 증거를 수집해서 건네주지."

"그건 고마운데⋯ 오히려 일월신교에 기회를 주는 것은 아닌지 모르겠네."

얼굴을 찡그리며 코를 긁는 사황.

그가 다시 말했다.

"놈들이 꽁꽁 숨겨왔던 비장의 한 수란 말이지. 이게 시작도 하기 전에 들켰다는 것은⋯ 더 이상 머리를 쓰기 보단 가지고 있는 힘을 쓰는 것이 낫다는 인식을 주기 마련이거든. 솔직히 말해서 놈들이 보여 준 힘을 생각하면 지금까지 움직이지 않고 있는 것이 오히려 이상한 일이지. 안 그래?"

"⋯그렇군. 거기까진 생각하지 못했어."

솔직히 휘도 생각지 못한 일이었다.

그렇기에 사황의 말이 끝나기 무섭게 그의 머릿속이 빠르게 돌아가기 시작한다.

그리고 곧 결론이 났다.

"이거⋯ 아무래도 이용당한 건가?"

"뭐?"

"일월신교 놈들이 곧 움직일 것 같다."

"그거야 당연한 거고. 잠깐. 설마 본격적으로? 진짜?"

자신이 말해 놓고서도 진짜 그럴 줄은 몰랐다는 듯 눈을 크게 뜨는 사황을 보며 휘는 고개를 끄덕였다.

"어째 일이 쉽게 풀린다 했더니. 더 이상 가진 힘을 쥐고만 있진 않겠다는 뜻이겠지."

"하…! 중원 전역에 피가 흐르게 생겼네."

"사천으론 막기 어려울 거다."

"쯧!"

휘의 말에 혀를 차는 사황.

사실 그라고 해서 모르고 있는 것은 아니었다.

일월신교의 힘은 지금까지 드러난 것만으로도 엄청나다. 그런 놈들이 일시에 본격적으로 움직이기 시작한다면?

사천이 무너지는 것은 금방일 것이다.

사천무림이 중원에서 차지하는 비중이 크다고는 하지만 그것도 정상적인 상태일 때 이야기.

정도맹이나 사황련이 전력으로 버틴다 하더라도, 결국 사천을 내줄 수밖에 없을 것이다.

정도맹과 사황련의 드러난 힘만 하더라도 어마어마한 것인데 그에 개의치 않고 움직이겠다는 것은 일월신교도 그걸 이겨낼 자신감이 넘친다는 이야기니까.

"어렵게 만들었는데…"

이곳을 만들기 위해 얼마나 많은 자금과 노력이 투입되었던가. 사황련의 상징과도 같은 곳이기에 쉽게 포기 할 수도 없었다.

"그래도 어떻게든 해봐야겠지. 그것보단 너도 조심하는 게 좋을 거야. 내가 일월신교주라면 너부터 죽여 없앨 것 같으니까."

"그렇겠지. 돌아가는 대로 준비를 좀 해봐야지. 우선 사천은 놈들도, 중원 무림도 서로의 힘을 시험해보는 곳이 될 확률이 아주 높아. 아니, 그럴 수밖에 없겠지."

"기분 나쁜 이야기지만 그렇겠지. 그리고 거기서 밀리는 순간. 엄청난 기세로 치고 들어오겠지."

"본래는 내가 일을 처리할 생각이었는데, 아무래도 그러긴 어려울 것 같으니. 조만간 내 부하를 보내주마. 괜찮은 실력을 가지고 있으니 어지간한 눈은 피할 수 있을 거다."

"믿어보지. 그보다… 우리에게도 기회를 줘서 고맙다."

진지한 얼굴의 사황.

솔직한 말로 정도맹에서의 일을 끝으로 휘가 사황련에 도움을 주지 않아도 되는 일이었다.

그럼에도 불구하고 휘는 사황련 안에 숨어 있을 간자들을 잡아내기 위해 직접 온 것이다.

이에 대한 감사의 인사였지만, 휘는 아무렇지 않은 듯 손을 저었다.

"됐어. 일월신교란 공통된 적 앞에서 내부의 적을 안은 채로 갈 수는 없는 일이니까."

"그래."

파바밧!

사황련을 나온 휘는 빠른 속도로 암문을 향해 이동했다.

놈들이 본격적으로 움직이려고 마음을 먹었다면 사황의 말처럼 가장 먼저 자신의 목을 베려고 할 것이 분명했다.

지금까지 수도 없이 놈들의 계획을 방해했었으니 어쩌면 당연한 일일지도 모른다.

'하지만 반대로 생각하면 이제야 제대로 된 싸움을 벌여 볼 기회가 된 것일 수도 있지.'

놈들이 강해진 만큼 중원 무림 역시 강해졌다.

전생에선 속절없이 방어선이 무너졌었지만, 이번엔 그럴 가능성이 적었다.

전력도 전력이지만 내부에서 방해를 하는 놈들이 없을 테니까.

완벽하게 잡아냈다고 생각은 하지 않지만, 몇 남지 않았을 것이란 것만은 확실하다.

놈들의 방해만 없다면 검제가 정도맹을 수족처럼 움직이는 것에는 문제가 없을 터다.

물론 걱정이 안 되는 것은 아니었다.

아무리 준비를 했다곤 하지만 일월신교의 전력은 결코 얕볼 수 없는 것이니까.

그래도 전생과 비교하면 확실히 많은 준비가 된 것은 분명했다. 그땐 아무런 준비도 못하고 속절없이 당했으니까.

'그 선두에 내가 서 있었…!'

우뚝!

깊은 산을 움직이던 휘가 돌연 멈춰 선다.

어두운 밤.

짐승소리, 벌레소리 하나 들리지 않는 적막함.

하지만 그 속에서 느껴지는 살기는 분명 자신을 향하고 있었다.

"생각보다 빨리 움직이네."

무림에서 자신에게 살기를 이렇게까지 드러낼 자들은 하나.

일월신교 뿐이다.

"이거… 운이 좋군. 안 그래도 만나고 싶었는데 이쪽으로 딱 올 줄이야."

걸걸한 웃음과 함께 모습을 드러낸 것은 족히 휘의 세 배는 되어 보이는 덩치와 큰 키를 지닌 사내였다.

어깨에 걸친 곤봉이 어지간한 집의 대들보와 비슷할 정도.

"난 역시 운이 좋단 말이지. 클클!"

스르륵, 스륵.

그의 등장과 함께 휘를 포위하며 모습을 드러내는 수백의 인원들.

하나 같이 흉흉한 기세를 드러내놓는 놈들을 보며 휘는 빠르게 놈들에 대해 기억을 짚어 보지만.

어디에서도 보지 못한 놈들이었다.

"일월신교냐?"

"바로 알아봐줘서 고맙다고 해야 하나?"

휭휭-.

쿵!

가볍게 그 큰 곤봉을 돌리더니 땅에 박아 넣는 놈.

"거력패곤 박학기. 그게 내 이름이다. 들어 본적이… 없겠지? 클클클!"

"용건은?"

"당연한 것 아닌가?"

툭툭.

손으로 자신의 목을 두드리는 거력패곤.

"이걸 가지러 왔지."

그의 말이 끝나기 무섭게 휘의 오른편 어둠에서 한 자루 검이 솟아오르더니 목을 향해 날아든다.

가볍게 뒤로 움직여 피해낸 뒤.

콰직!

발을 뻗어 상대의 머리를 박살내 버리는 휘.

그것을 시작으로 휘를 포위하고 있던 놈들이 달려들기 시작했다.

"자! 보여 봐라! 네놈의 실력을! 캬하하하!"

거력패곤의 웃음소리와 함께 싸움이 시작되었다.

스컥!

날카로운 소리와 함께 혈룡검을 통해 전달되는 촉감.

곧 튀어 오르는 피.

하지만 거기에 신경 쓸 틈도 없이 휘는 정신없이 몸을 움직여야 했다.

팔방을 점하고 달려드는 놈들.

교묘할 정도로 시간차를 노리고 날아드는 공격에 순간순간 섬뜩함을 느낄 정도였지만, 그뿐이었다.

혈마공 3단계에 이른 휘를 어떻게 하기엔 놈들의 실력은 부족함이 있었다.

푸확!

튀어 오르는 피를 뒤로하고 움직이던 휘는 시간이 지날수록 이상한 점을 느낄 수 있었다.

분명 놈들은 처음 보는 자들이다.

헌데, 이상할 정도로 느껴지는 동질감이 있었다.

같은 듯, 전혀 다른.

채챙!

서컥!

심지어 죽어가는 그 순간까지 비명하나 지르지 않는다.

휘 역시 태연하게 검을 휘두르며 놈들의 목을 베어내고 있지만, 놈들의 모습은 분명 정상적인 것이 아니었다.

찌익!

확실하게 피하지 못한 검에 옷이 여기저기 찢겨나가지만 몸엔 상처하나 남지 않는다.

혈마제령공을 익혔을 때도 그랬지만, 혈마공을 확실하게 익히기 시작한 휘의 몸은 어지간한 공격으론 상처조차 낼 수가 없었다.

특히 3단계에 이르고 난 뒤엔 더더욱.

"캬하하하! 대단하군, 대단해!"

수하들이 속절없이 죽어가고 있음에도 어깨에 걸친 곤봉을 내려놓지 않은 채 웃음을 터트리는 거력패곤.

그 태도는 마치 수하들 모두가 죽어도 상관없다는 것 같았다.

이상할 정도로 놈의 태도가 신경이 쓰인다.

'대체 이놈들은 뭐지? 저쪽도 문제지만 이쪽도 문제인 것 같은데… 약물인가?'

또 하나의 목을 날리며 휘는 약물은 아니라고 생각했다.

놈들의 눈에서 약물을 쓴 특유의 반응이 보이지 않았다.

그렇다면 다른 방법을 썼거나, 진짜 목숨을 버리면서도 자신을 죽이려 든다는 것인데.

그동안 일월신교 무인들의 독함을 떠올린다면 딱히 불가능한 일은 아니었다.

문제는 그런 것과 묘한 차이가 있다는 것이었다.

딱히 꼬집어 말 할 수는 없는데, 일월신교의 일반적인 무인들과 분명히 달랐다.

그리고 느껴지는 묘한 동질감.

머릿속이 점차 혼란스러워지지만.

콰지직!

휘의 몸은 본능적으로 쉬지 않고 움직이고 있었다.

철저히 자신의 몸을 반경으로 반장 안으로는 누구의 접근도 허락하지 않는다.

혈룡검이 움직이고, 비어 있는 왼 주먹과 발이 거침없이 날아간다.

만부부당(萬夫不當)!

그 말이 더없이 어울려 보이는 모습.

그렇게 쉴 새 없이 검을 휘두르며 자신의 수하를 죽여 가는 모습을 보며 어느새 거력패곤의 얼굴에 가득 맴돌던 미소는 사라져 있었다.

"하! 역시. 괴물은 괴물이네…."

홀로 중얼거리는 거력패곤.

얼마 시간이 지나지 않았음에도 수십에 이르는 수하가 차가운 바닥에 누웠다.

하지만 그것이 안타깝다거나 불쌍하진 않았다.

"역시 이 정도로는 안 되는 건가?"

잠시 고민하던 그가 손가락을 튕긴다.

딱!

내공이 실린 소리는 빠르게 주변에 퍼지고.

그와 동시 이선에 서서 공격할 준비를 하고 있던 자들이 빠르게 품에 손을 넣더니 곧 붉은 단환을 꺼내 들었다.

비응단이었다.

주저 없이 그것을 삼키는 동시 때마침 일선에 섰던 동료들이 죽자 곧장 자리를 메우는 그들.

그리곤 삼선에 있던 자들이 이선에 선 자들처럼 다시 비응단을 입에 넣는 행동을 반복한다.

마치 그것이 당연하다는 듯.

쩌엉!

자신의 검을 튕겨내고 밀고 들어오는 적의 모습에 얼굴을 찌푸린 휘.

그 순간.

쩌억!

이제까지와 비교 할 수 없는 힘을 발하며 휘가 본격적으로 움직이기 시작했다.

놈들이 붉은 단환을 먹는 것은 이미 눈으로 봤다.

그리고 그것이 어떤 힘을 발휘하는 것인지는 그동안의 경험을 통해서 이젠 아주 잘 알고 있었다.

'제대로 해보자는 거로구나!'

우웅!

혈룡검이 그걸 이제야 알았냐는 듯 뒤늦게 울음을 터트리고.

쿠오오오!

몸 안의 혈룡들이 소리를 내지르자 온 몸에 강한 힘이 맴돌기 시작한다!

자연스럽게 생성되는 혈룡검의 검강.

붉은 검강이 어두운 밤을 수놓기 시작하고.

밤하늘 위로 혈우(血雨)가 내리기 시작한다.

쯔아악!

붉은 검강이 허공에 그려 질 때마다 궤적에 들어간 적들의 수급이 떠오르고, 피가 뿌려진다.

동료들이 수도 없이 죽어가고 있음에도 놈들은 집요하게 휘의 품을 파고들며 공격을 하고 있었다.

증폭된 힘을 바탕으로 강하고 빠르게 공격을 해오는 통에 휘도 방심 할 수 없을 정도.

철퍽!

피가 가득한 대지를 밟으며 달려든다.

끝도 없이.

그리고 그 모습에서 휘는 떠올릴 수 있었다.

왜 놈들에게서 동질감을 느낄 수 있었던 것인지.

"혈마제령공!"

그랬다.

놈들은 또 다른 암영이었다.

혈마제령공에 의해 만들어진 암영들.

놈들이 보이는 모습은 전생의 암영들과 크게 다르지 않았다.

명령을 절대적으로 따르며.

죽음을 개의치 않는다.

만약 이곳에 서 있는 것인 휘 본인이 아닌 다른 무인이었다면 이들을 상대하는 것이 무척 어려웠을 것이다.

웬만한 공격으론 놈들에게 상처조차 낼 수 없으니까.

휘조차 혈룡검과 혈마공이 3단계에 이르지 않았다면 이토록 쉽게 상대하지 못했을 것이다.

단지 그것을 스스로 느끼지 못하고 있었을 뿐.

'어떻게? 대체… 어떻게?'

혼란스러워지는 머릿속.

분명 암영들은 자신의 손으로 전부 거두었다.

그곳은 완벽하게, 두 번 다시는 사용할 수 없도록 박살내버렸다.

전생에서 암영을 만들던 곳은 그곳뿐이었다.

암영 하나를 만들어내는데 들어가는 비용은 엄청난 것이기 때문에 제 아무리 일월신교라 하더라도 쉽게 다시 시도할 수 있는 일이 아니었다.

심지어 동시에 진행 할 수 있는 일도 아니었고.

그런데.

'난… 대체 뭘 보고 있는 거지?'

수백에 이르는 암영들이 자신의 눈앞에 있었다.

자신의 착각이 아니었다.

확실히 혈마제령공에 의해 만들어진 암영이 분명했다.

텅!

"큭!"

머릿속이 복잡해졌던 탓인지 움직임이 느려졌고, 놈들에게 빈틈을 보였다.

순식간에 몸 곳곳을 때리고 가는 놈들.

본래는 베거나, 찌르려고 했겠지만 휘의 육체는 그것을 용납하지 않았기에 단순히 충격만 입은 것이지만.

만약 그렇지 않았다면 방금 전의 공격으로 죽었을 수도 있는 일.

으득!

이를 악문 휘가 내공을 급격하게 끌어올린다.

쿠오오오!

세 마리의 혈룡이 단숨에 밖으로 튀쳐나오고!

"일단… 자리부터 정리하고 보자."

거센 폭풍이 몰아쳤다.

뚝. 뚝. 뚝…

"후우, 후우…."

혈룡검을 타고 흐르는 핏방울.

조금 흥분해버린 탓에 거칠어진 호흡을 정리하며 머리카락을 타고 흐르는 피를 손을 들어 머리를 넘기며 대충 정리한 휘는 주변을 둘러봤다.

무수히 쓰러진 시신들.

온 사방에 퍼진 붉은 피와 지독한 혈향.

자신이 만들어 낸 광경이지만 무심한 눈으로 그들을 보다 천천히 시선을 돌린다.

그곳엔 여전히 자리에 서 있는 거력패곤이 있었다.

수하들이 전부 죽어 가는데도 불구하고 놈은 조금도 움직이지 않았다.

아니, 마치 이 살육의 현장을 지켜보는 것이 자신의 일이라도 되는 듯 그는 보기만 했다.

모두가 죽는 그 순간까지.

자신을 바라보는 그 시선에 놈은 박수를 치며 웃었다.

짝짝짝!

"대단해! 아주 대단해! 이 많은 숫자를 이렇게 단 시간에 죽이다니! 캬하하하! 듣던 것보다 더 나은 것 같아!"

"너… 뭐냐?"

"이 몸의 이름은…!"

"네놈의 이름 따윈 상관없다! 뭐냐고! 네놈! 그리고 이 놈들은!"

우우웅!

폭풍처럼 몰아치는 휘의 강렬한 살기에도 놈은 눈 하나 깜짝하지 않는다. 마치 살기를 느끼지 못하는 것처럼.

감정 절제를 누구보다 잘하는 휘이지만.

이번만큼은 아니었다.

그 누구보다 분노하고 있었다.

"실패작이지."

"실패…작?"

"생강시가 존재하기 위한 발판이었다고나 할까?"

웃으며 말하는 놈을 보며 휘는 이를 악물었다.

사실 생각을 해보지 않은 것은 아니었다.

혈마제령공은 분명 불완전한 것.

그것을 완성하여 암영들을 만들기까지 분명 수많은 실험이 있었을 것이니까.

하지만 전생에선 자신이 죽는 그 순간까지 그 흔적을 볼 수 없었기에 이번에도 크게 개의치 않았었다.

그랬었는데.

'이들이… 실패작이라고?'

생각해보면 확실히 암영들에 미치지 못하는 능력을 가지
긴 했다.

비슷한 듯 전혀 다른.

"오늘은 경고다."

"경고?"

"본교는 이제 본격적으로 움직이기 시작한다. 가장 큰
걸림돌이라 할 수 있는 네놈의 목을 제대로 노리기 시작하
겠다는 경고."

"…살아 돌아갈 수 있을 거라 생각하는 모양이지?"

살기를 드러내는 휘를 보며 거력패곤은 크게 웃었다.

"크하하하! 멍청하긴! 그러니… 그것 밖에 안 되는 거
지."

"뭐…!"

덥썩!

휘가 뭐라 말을 하기도 전에 놈이 재빨리 품에서 붉은 단
환을 꺼내 삼킨다. 한눈에 봐도 결코 작은 양이 아니었다.

투확!

쿠오오오!

일순 놈의 몸에서 솟구치는 어마어마한 기운!

단숨에 엄청난 기운을 뿌리며 놈이 달려들었다.

엄청난 굵기의 곤봉을 자유자재로 가볍게 다루며 달려드는 놈의 모습을 보며 휘 역시 혈룡검을 들었다.

하지만 순간!

콰직!

놈의 발이 강하게 바닥에 박히며 디딤을 완성하고 한 것 뒤로 기울었다가 빠르게 앞으로 넘어오는 상세의 뒤로 곤봉이 있었다.

투확-!

일자로 날아드는 곤봉!

무시 할 수 없는 속도와 힘을 가진 그 공격에 깜짝 놀라면서도 재빨리 허리를 숙여 곤봉을 피해낸다.

쿠아아앙!

뒤편으로 날아간 곤봉이 굉음과 함께 커다란 먼지는 피워 올리고.

쩌적! 쩍!

주륵, 주르륵.

놀랍게도 거력패곤의 피부가 갈라지며 피가 흐른다.

방금 전의 공격을 몸이 버텨내지 못한 것이다.

"캬하하하! 일월신교의 세상이 도래할 것이다!"

펑!

후두둑…!

웃음이 섞인 외침과 함께 단숨에 터져나가는 놈의 육신!

사방에 비산하는 피와 살점을 뒤로하고 휘는 이를 악물며 신음을 흘려야 했다.

설마하니 이런 식으로 죽을 것이라곤 생각지도 못했다.

"대체… 무슨 일이 벌어지고 있는 거야?"

스스로에게 반문해보지만 답이 나올 리 없다.

자신이 알고 있던 것과 많은 것이 바뀌었단 사실은 휘도 잘 알고 있었다.

더 강해진 일월신교와 중원 무림.

이젠 자신이 알고 있는 것은 참고도 제대로 할 수 없다는 것을 알고는 있지만 이번 일은 휘도 생각조차 못했던 일이었다.

암영 이전의 생강시들.

생강시를 만들어 내기 위한 실패작이라 할 수 있는 그들이 아직도 살아 있을 것이라곤 생각지도 못했다.

'뭔가가, 뭔가가 바뀌었다.'

굳은 휘의 얼굴은 해가 뜨는 그 순간까지 펴질 줄 모른다.

精墨若忽
騎隐 84 章

84 章

'실패작…이 있다는 이야기는 어쩌면.'

문으로 돌아온 휘는 집무실에 틀어박혔다.

최소한의 일을 제외하면 거의 움직이질 않았다.

그럴 수밖에 없었다.

머릿속이 놈들에 대한 것으로 가득차서 도저히 다른 일을 처리 할 수 있을 것 같지 않았으니까.

그나마 잊지 않고 백차강을 사황에게 보낸 것이 다행이라면 다행일 것이다.

'하지만 일월신교가 생강시를 만들기 위한 것들을 다시 조달 할 수 있었을까?'

혈마제령공에 대해 세상에서 가장 잘 알고 있는 사람은 휘다.

그렇기에 놈들이 펼친 혈마제령공이 잘못되었다는 것도, 그것이 어마어마한 자금을 잡아먹는다는 사실도 잘 알고 있다.

아니, 자금이 있다 하더라도 희귀한 재료들을 많이 필요로 하기 때문에 쉽게 도전을 할 수가 없었다.

전생에서 생강시였던 암영들을 엄청나게 잘 활용하면서도 더 만들어내지 못했던 이유가 바로 거기에 있었다.

그런데 만약 그것을 해결했다면?

까득.

엄지손톱을 물어뜯는 휘.

'설령 해결을 했다 하더라도 새로 만들기엔 시간이 부족했을 거야.'

자신을 비롯한 암영들을 만드는데 오랜 시간이 걸렸다.

그런 만큼 자신들이 탈주한 이후 다시 시작을 했다 하더라도 시간상 결코 완성 할 수 없었다.

"하지만 만약… 만약에라도 완성을 했다면?"

으득!

"끔찍해지겠지."

자신이 알던 것과 비교해 일월신교의 전력이 강해진 것은 사실이다.

하지만 그보다 중원 무림의 전력이 훨씬 더 강해졌다.

구파일방 중 몇이 사라졌다곤 하지만 여전히 정도맹은 강력한 힘을 구가하고 있고, 전생엔 없던 사황련이란 단체의 등장은 든든한 힘이다.

그 외에도 여러 가지로 중원 무림의 힘은 아주 강해져 있었다.

마지막으로 자신들.

중원 무림과의 싸움에 앞장섰던 자신들이 이젠 중원 무림의 편이 되어 일월신교를 공격하는 이상 놈들에게 크게 밀리지 않을 것이란 것이 휘의 판단이었다.

그동안 불안한 감이 있긴 했지만 점창의 일로 은거기인들을 빠르게 끌어내면서 놈들에게 크게 뒤쳐지지 않는다고 생각했는데.

만약 암영과 같은 자들이 완성되었다면?

재앙.

그것도 최악의 종류였다.

"놈들을 막을 수 있는 건 우리 밖에 없겠지. 결국 서로를 견제하다보면… 우리가 자유롭게 움직일 수 없게 된다는 건데…."

가장 선두에서 검을 휘둘러야 할 암문이 움직이지 못한다면 상황이 또 다르게 흘러갈 가능성이 농후했다.

수많은 가능성이 머릿속에 떠오르며 머리를 어지럽힌다.

조금만 더 생각이 이어졌다간 쓰러질 것 같은 두통까지 느껴지자 휘는 잠시 이에 대한 고민을 접어두고 창을 열었다.

덜컹!

창을 열기 무섭게 시원한 바람이 흘러들어온다.

밤이 깊은 시각이지만 암문 곳곳에서 느껴지는 기척들.

자신의 임무에 충실히 하는 수하들을 떠올리며 휘는 이를 악물었다.

"만약… 정말 만약에. 또 우리와 같은 자들을 만들어 내었다면… 너흰 정말 죽어도 용서 받지 못할 거다."

콰직.

짚고 있던 창틀이 비명을 내지르며 우수수 부서져 나간다.

암영 하나를 만들기 위해 얼마나 많은 이들이 죽었던가. 수많은 사람들의 희생을 바탕으로 현재 살아있는 것이 자신들이다.

그런데 또 다시 그런 희생을 치르며 만든다?

있을 수 없는 일이었다. 아니, 있어선 안 되는 일이었다.

❖

철컹, 철컹.

쿠르르르.

쇠사슬 소리가 들려오더니 곧 묵직한 소음이 동부를 가득 채우고.

끝이 보이지 않는 저 어둠의 끝에서 쇠사슬이 당겨지며 무언가가 올라오고 있었다.

쿠르르르.

촤르르!

철컹!

둔탁한 소리와 함께 쇠사슬이 멈춰서고.

거대한 두레박 안에서 몇 사람이 가벼운 몸놀림으로 내려선다.

지옥과도 같은 저 깊은 어둠속에서 올라온 그들은 곧장 한 사람 앞으로 가더니 오체투지 한다.

"주군을 뵙습니다!"

"오랜만이로구나."

그들의 인사에 웃으며 대답한 것은 일월신교주였다.

가벼운 차림의 그는 웃으며 엎드린 수하들을 보며 물었다.

"일의 진척은?"

"완성을 앞두고 있습니다. 곧 좋은 소식을 들려 드릴 수 있을 것으로 예상됩니다."

"호오? 완성도는 어떻지?"

"이전과 비교 할 수 없습니다. 단언하건데… 무림 최강의 생강시가 될 것이라 자부할 수 있습니다."

믿음직스런 목소리였지만 일월신교주는 그의 자존심 따
윈 아무래도 좋았다. 중요한 것은 생강시가 완성되느냐, 마
느냐 이니까.

"완성까지 얼마나 걸리지?"

"확신 할 순 없으나… 늦어도 오십일을 넘기지 않을 것
이라 봅니다."

"오십일이라… 아직도 멀었군."

교주의 말에 그들은 아무런 대답을 할 수 없었다.

그 말처럼 아직 완성이 먼 것은 사실이니까.

"완성을 서둘러라."

"존명!"

그 말을 끝으로 교주는 동굴을 빠져나왔다.

동굴을 빠져나오기 무섭게 그의 뒤편으로 쌍둥이 비밀호
위 중 형인 태경이 모습을 드러낸다.

"접촉에 성공했습니다."

"결과는?"

"전멸입니다."

"전멸이라…."

길을 걸으며 손으로 턱을 쓰다듬는 그.

미묘한 얼굴 표정을 지으며 계속해서 걷는 그의 뒤를 태
경이 말없이 따른다.

"이야기는 제대로 전달되었겠지?"

"철저한 세뇌를 통해 착오 없이 전달이 끝났을 것입니다."

"네가 나선 일이니 확실하겠지."

두 사람이 걸어 내려가고 있는 산은 곤륜이 아니었다.

그렇다고 일월신교 본교가 있는 곳도 아니었다.

이곳에 존재에 대해 알고 있는 것은 지극히 소수의 인물들 뿐. 저 안에서 무엇이 만들어지고 있는 것인지 아는 사람은 더욱 적었다.

다만 이곳의 존재에 대해 아는 이들은 말했다.

이곳이야 말로 일월신교 최강의 검이 잠들어 있는 곳이라고.

"첫째와 둘째는 어쩌고 있느냐?"

"큰 도련님께선 수련에 열중이십니다. 현 상태로 봐선 머지않은 시간에 이전의 힘을 되찾으실 수 있을 것 같습니다."

"그래? 생각보다 빠르구나."

"재능만으로는 최고이신 분이시니 당연한 결과라 보여집이다. 하지만… 거기까지일 것 같습니다."

"더 강해질 가능성이 안 보인다는 뜻이로구나."

"팔 하나가 없다고 해서 더 강해질 방법이 없는 것은 아닙니다만, 지금의 큰 도련님으로선 불가능한 것 같습니다."

"결국 내 후계는 둘째가 되겠구나."

"감히 제 생각을 말씀드리자면."

잠시 말을 주저하는 태경.

궁금한 듯 발걸음마저 멈춘 채 그를 바라보는 교주. 그 시선에 태경은 머뭇대다 입을 열었다.

"둘째 도련님은 그릇이 작다고 봅니다. 그분이 만약 주군의 후계가 된다면… 기껏 대업을 쌓아올린 본교는 허무하게 무너질 수도 있다고 봅니다."

"둘째가 성격적으로 좀 모자란 것은 있지만 일을 하는 것을 보면 아주 잘 해내고 있지 않느냐?"

"일을 잘하는 것과… 최고의 자리에 앉는 것은 다른 일이라고 생각합니다."

태경의 말에 교주는 묘한 얼굴로 그를 바라보다 웃으며 몸을 돌렸다.

"그래, 아직은 시간이 있으니 지켜보자. 지켜보다… 정 안되면 새로운 놈을 들여야 하겠지. 이 자리에 아주 잘 어울리는 놈으로 말이다."

❖

화소운의 하루는 단순하다.

자고, 먹고, 수련하고.

오직 이 세 가지의 반복.

수련도 폐관실에 틀어박힌 채다 보니 사람들과 마주치는 일이 거의 없을 정도였다.

문제는 이렇게 하고 있는데도 불구하고 실력이 늘지를 않는다는 것에 있었다.

암문의 식구들의 수준이 빠르게 올라가는 것을 보며, 자신도 손을 보태기 위해 더 노력을 해야 하는데.

격차가 벌어지기만 하고 줄어들질 않았다.

"하아…."

오늘도 폐관실에서 검을 휘두르던 화소운은 긴 한숨과 함께 주저앉았다.

"실력이 더 이상 늘지는 않네… 역시 실전이 부족하기 때문인가?"

스스로 어느 정도 원인은 알고 있었다.

너무나 부족한 실전.

그동안 몇몇 실전에 투입이 되었고, 그때마다 얻은 것들이 대단히 많기는 했지만 여전히 실전 경험이 적다는 것은 그의 큰 약점이었다.

게다가 이젠 그의 수련도 실전에서 이루어져야지 혼자서 하는 수련으로는 더 이상의 발전이 없었다.

문제는 원인을 알면서도 해결을 할 방법이 없다는 것.

"실력이 부족하니 따라 나설 수도 없고…."

암영들과 함께하기는 실력이 부족하고, 따로 행동하자니 일월신교 무인들의 실력이 만만치 않았다.

결국 이러지도 저러지도 못하는 상황에 처한 것이다.

하지만 이것은 화소운 혼자만의 착각이었다.

분명 실전경험이 부족한 것은 맞지만 그의 실력은 어느누구와 견준다 하더라도 부족하지 않았다.

일월신교의 정예를 만난다 하더라도 어지간해선 밀리지 않을 실력을 지닌 것이 그다. 더욱이 마공과는 아주 상극의 무공을 익히지 않았던가.

휘의 전생에서 복마검왕(伏魔劍王)이라 불렸던 것이 그다.

그저 혼자만의 세계에 빠져서 실력의 부족함을 느끼고 있는 것이다.

"결국… 방법은 하나뿐이겠지?"

이를 악문 화소운이 자리에서 일어섰다.

그러고 보면 화소운의 성격도 상당히 많이 바뀌어 있었다. 처음 휘를 만났을 때를 떠올린다면 완전 다른 사람이라고 생각될 정도로 말이다.

이는 알게 모르게 많은 사람들과 부대끼며 융화되었기 때문이지만 정작 본인 스스로도 바뀐 것을 모르고 있으니.

폐관실을 나온 화소운은 곧장 휘의 거처로 발걸음을 옮겼다.

밖에 다녀온 뒤로 고민이 있는 듯 이곳을 거의 벗어나지 않지만 찾아오는 이들을 아예 마다하는 것이 아니었기에 화소운은 방문 앞에서 잠시 호흡을 조절하곤 문을 두드렸다.

"화소운입니다. 잠시 들어가도 되겠습니까?"

"들어와."

드르륵.

휘의 허락과 함께 문을 열고 안으로 들어가는 화소운.

"무슨 일이야?"

화소운이 자신을 먼저 찾는 일이 없었던 탓에 휘는 속으로 꽤 놀라고 있었다.

그런 휘의 속도 모르고 화소운은 긴장된 얼굴로 말했다.

"다음번 실전에 데려가 주십시오. 아니, 앞으로도 계속이요."

"…실전경험 때문에?"

"네."

긴장한 채 고개를 끄덕이는 소운을 보며 휘는 어렵지 않게 고개를 끄덕였다.

"좋아. 슬슬 실전을 통해서 실력을 높일 때가 되긴 했지?"

"아무래도 이젠 수련만으로는…."

"네 입장에선 당연한 선택이겠지. 그런데 웬만해선 상대가 안 될 텐데?"

"최선을 다하겠습니다."

"음?"

고개를 숙이는 소운을 보며 휘는 뭔가 말이 잘못되었다는 것을 깨닫고선, 대화 내용을 다시 떠올렸고.

곧 무엇이 잘못되었는지 알 수 있었다.

"아니, 상대가 안 되는 건 네가 아니라 저쪽이지."

"예?"

"일단 넌 네 실력을 자각하는 것부터 필요하겠네. 위험할 것 같아서 비무를 금지시켜놨더니 이런 문제가 있네…"

소운이 익힌 무공을 특성 때문에 위험성이 있어서 문파내에서 비무를 금지했던 것이, 소운이 자신의 실력을 제대로 파악하지 못하는 결과를 놓을 것이라곤 휘도 생각지 못했다.

그런 내용을 알지 못하는 소운은 갑작스런 휘의 말에 고개를 갸웃거리지만 곧 휘의 손에 이끌려 비무장으로 움직여야 했다.

비무장에는 늘 그렇듯 많은 이들이 나와서 수련에 힘쓰고 있었다.

갑작스레 평소 이곳에 발을 들이지 않는 휘가 나타나자 움직임을 멈춘다.

"잠깐 집합."

휘의 명령에 빠르게 비무장에 모였던 이들이 휘의 앞으로 자리를 잡는다.

"지금부터 소운과의 비무 금지를 해지한다. 그래도 너무 세게 나가지는 말고. 우선… 너부터 시작하자."

휘의 지명에 고개를 숙인 암영이 즉시 텅 빈 비무대로 올라가고 멍하니 상황을 보고 있던 소운의 등을 휘가 떠밀었다.

"해봐. 하면 알게 되어 있으니까."

그 말에 소운이 홀린 듯 비무대에 오르고.

곧 두 사람의 비무가 시작되었다.

암문에선 날이 서지 않은 무기로 비무를 치른다. 두 사람 역시 마찬가지로 날이 서지 않은 가검을 들었는데.

처음으로 검을 마주친 이래.

승부가 나기까지 겨우 삼십 합도 걸리지 않았다.

이 정도면 진검을 들었다고 가정한다면 눈 깜짝할 사이에 죽었다고 봐야 한다.

"역시…."

어리둥절해 하는 소운과 달리 휘는 그럴 줄 알았다는 듯 다른 암영들을 연속으로 올려 보냈고, 그때마다 소운은 어렵지 않게 그들을 물리쳤다.

그러다 결국 당황한 소운이 비무를 시작하기 전에 휘에게 달려왔다.

"이게 대체…?!"

"그러니까 말했잖아. 네 실력을 정확히 아는 게 먼저라고."

"그, 그럼 이게?"

"이게 네 실력이지. 다른 건 몰라도 적어도 마공 계열의 무공을 익힌 자들에게 있어서 네 존재는 사신(死神)과 다를 바가 없을 걸?"

"어… 어… 어?"

여전히 멍해하는 녀석의 머리를 툭 치며 다시 비무장으로 몰아넣는다.

"계속 해봐."

그리고 그날 하루 종일, 지쳐서 쓰러질 때까지 소운은 비무를 해야 했다. 덕분에 다음 날 제대로 움직이지 못할 정도였지만 자신의 실력에 대해 어느 정도 제대로 감을 잡을 수 있었다.

물론 그 뒤로 큰 산을 맞닥 드리게 될 줄은 몰랐지만 말이다.

"어? 진…짜로 해요?"

당황한 기색이 역력한 소운의 물음에 반대편에 선 휘는 당연하다는 듯 고개를 끄덕이며 혈룡검을 뽑아 들었다.

"제대로 해. 그래야 실력이 늘지."

"하지만 이건…."

"괜찮아. 먼저 할 생각이 없으면, 내가 간다."

팟!

말이 끝나기 무섭게 소운을 향해 달려드는 휘.

그 모습에 기겁하면서도 소운은 뒤로 물러서기보다, 앞으로 반보 움직이며 세차게 검을 휘두른다.

자신이 움직이는 것과 소운의 움직임이 겹치며 단숨에 코앞으로 다가오는 소운의 검을 혈룡검으로 가볍게 쳐내고 선 품으로 파고 들려했지만.

어느새 소운의 왼손이 내공을 가득 실은 채 턱을 노리고 있었기에 혀를 차며 물러섰다.

'방금 전까지 멍해하더니. 그래도 반응이 나쁘진 않네. 소운이 강해지면 강해질수록 우리 쪽에는 아주 유리해. 놈들이 제대로 움직이기 전에 소운을 키울 필요가 있어.'

마공에 상극인 소운이다.

왜 이제야 소운이 떠오른 것인지 자신이 생각해도 황당한 수준이지만 이제라도 떠올랐으니 다행이다.

적어도 아직은 시간이 있으니 말이다.

전생에서도 복마검왕이란 이름으로 불리며 수많은 일월신교 무인들의 목을 베고, 일월신교의 움직임을 방해했었던 소운이다.

그런 만큼 이번에도 큰 활약을 할 것이 뻔한데.

기왕 그럴 것이라면 그 시기를 앞당기는 것이 좋겠다는

것이 휘의 생각이었다.

전생에서 왜 소운이 뒤늦게 나타났던 것인지는 이제 대충 짐작하고 있었다.

그랬던 만큼 꽤 많은 것을 보완했고 지금 소운의 실력이면 결코 전생에서 봤던 복마검왕에 뒤쳐지지 않았다.

'그래도 더 강해질 필요가 있어.'

쩌저정!

휘의 거칠게 휘두르는 혈룡검을 필사적으로 막으며 소운이 바닥을 뒹굴기 시작하지만 휘는 조금도 봐주지 않았다.

실전에 가까운 비무야 말로 소운의 성장을 돕는 길이라는 것을 잘 알기 때문이었다.

심지어 움직이는 것을 귀찮아하는 괴검 마저도 휘의 뒤를 이어서 소운과 비무를 할 채비를 하고 있었다.

오랜만에 소운의 입에서 곡소리가 흘러나온다.

곤륜산에 무수히 지어진 전각들.

본래는 곤륜파가 자리를 잡고 있어야 할 이곳이지만 이젠 곤륜파가 아닌 일월신교가 중원 정벌을 위한 전초기지로 이곳을 사용하고 있었다.

이미 곤륜의 흔적은 찾아 볼 수 없을 정도.

청해를 수중에 넣고서 완벽하게 자신들의 영역으로 만들어버린 이후 특별한 움직임을 보이지 않던 일월신교.

조용하기만 하던 일월신교가 들썩이기 시작했다.

교주의 명령 아래 서열 백 위 안의 고수와 중요 핵심 인물들이 한 자리에 모였기 때문이었다.

지금 같은 시기에 이들을 모은 다는 것은 곧 중원으로 움직일 때가 되었다는 뜻과 동일하기에 일월신교 무인들은 한 것 흥분해 있었다.

그것은 회의장에 참석한 자들이라고 해서 크게 다르지 않았다.

드디어 무림 정복을 위한 큰 걸음을 내딛을 때이니까.

많은 이들이 모였음에도 불구하고 조용하기만 한 회의장.

하지만 침묵만큼 강렬한 열기가 기이할 정도로 회의장을 사로잡고 있을 때.

일월신교주가 안으로 들어왔다.

"교주님을 뵙습니다!"

일제히 자리에서 일어나 바닥에 오체투지하며 목이 터져라 외치는 그들.

그들을 뒤로하고 교주는 자신의 자리에 앉고서야 입을 열었다.

"앉도록."

묵직하게 회의장을 울리는 교주의 음성에 기다렸다는 듯 각자 자신의 자리에 앉는다.

긴장감과 흥분감이 동시에 존재하는 회의장의 분위기를 교주라고 모를 리 없기에 부드러운 미소를 지으며 모두의 얼굴을 훑는다.

"다들 알고 있겠지만 본교의 상황이 그리 좋지가 않다. 정확하게는 본교에서 준비했던 대계들의 진행 상황이 좋지 않다고 봐야 하겠지."

그 말을 시작으로 교주의 몸에서 조금씩, 조금씩 투기(鬪氣)가 흐르기 시작한다.

"짧게는 몇 년에서 길게는 수십 년을 본교를 위해 묵묵히 참고 자신의 일에 최선을 다해 준 그들이 교의 영광을 함께 하지 못한다는 것은 너무나 안타까운 일! 하여! 이 시간부로 중원에 흩어져 있는 본교 무인들에게 복귀를 명령한다!"

"존명!"

"이후 본교는 더 이상 대업을 미루지 않고 움직일 것이다! 본교의 힘을! 중원에 보일 것이다! 본교의 천년영화를 위하여!"

"천년영화를 위하여!"

어느새 회의장 가득 들어찬 교주의 투기와 맞물려 그들이 외치는 소리가 세상을 무너트릴 듯 쩌렁쩌렁하게 울려 퍼진다.

짧은 회의를 마치고 집무실에 마주한 사제지간.

여유롭게 차를 마시는 교주와 달리 단목성원과 장양운의 얼굴은 가볍게 경직되어 있었다.

달칵.

찻잔을 내려놓으며 교주가 웃으며 입을 연다.

"회복이 순조로운 모양이로구나."

"염려해주신 덕분에 많이 좋아졌습니다. 하지만 아직 갈 길이 멀었습니다."

고개를 숙이는 단목성원을 보며 만족스런 미소를 지었던 것과 달리 장양운을 바라보는 교주의 얼굴이 일그러진다.

"네가 세운 계획의 실패로 얼마나 많은 교의 무인들이 죽었는지 알고 있느냐?"

"죄송합니다."

고개를 숙이는 장양운.

하지만 그 속은 전혀 달랐다.

자신의 생각대로 흘러가는 상황에 쾌재를 부르고 있었으니까. 작은 희생을 바탕으로 일월신교의 진짜 힘을 끌어냈으니 어찌 만족스럽지 않겠는가.

여기에 교의 무인들 역시 차라리 잘됐다는 반응이었으니 교주라도 심하게 질책하진 못할 것이다.

"쯧! 이미 벌어진 일이니 어쩔 수 없지. 하지만… 나는 실패에 너그러운 자가 아니다. 그것이 설령 내 제자라 하더라도."

오싹!

순간 죄여오는 강렬한 살기에 온 몸이 움츠려든다.

그것은 장양운 만이 아니었던지 단목성원 역시 움찔하는 기색이 느껴진다.

"기회는 한 번 뿐이다."

"예."

차가운 교주의 말에 장양운은 떨리는 목소리로 겨우겨우 답했다.

"아까도 말했지만 이제 본교는 가진 힘을 있는 힘껏 휘두르게 될 것이다. 그 선두에 서야 할 놈들이 지금 이러고 있음이니… 쯧쯧."

"죄송합니다."

"죄송합니다."

동시에 고개 숙이는 두 제자를 보며 교주는 마땅찮은 얼굴을 하다가 입을 연다.

"넌 몸을 회복하는 것에 우선 중점을 두도록 해라. 그런 몸으로는 어딜 가서도 도움이 되질 않으니."

"빠른 시일 안에 도움이 되도록 하겠습니다."

단목성원이 고개를 숙이고.

"넌 일선에서 물러서라."

"…예."

갑작스런 말에 장양운은 머뭇거리다 고개를 숙였다. 설마 이런 명령이 떨어질 것이라곤 생각지 못했다.

교가 제대로 움직이기 시작하면 자신이 그 선두에 서서 중원 정벌을 시작할 것이라고 생각하고 있었지, 이렇게 될 것이라곤 예측하지 못한 것이다.

"쯧쯧. 그동안 일이 많았을 테니, 당분간 쉬도록 해라. 중원 정벌의 선두에는 당분간… 어디 보자. 그래, 월각주가 좋겠구나."

그 말을 끝으로 축객령을 내리는 교주.

두 제자가 자리를 떠나자 창가로 자리를 옮긴 그는 창 밑으로 보이는 두 사람의 모습에 웃지 않을 수 없었다.

얼굴도 보지 않고, 말조차 섞지 않은 채 멀어지는 둘.

"그래, 싸우고 또 싸워라. 더 강하고 똑똑한 자만이 이 자리에 앉을 수 있음이니. 둘 다 부족하면… 새로운 놈을 구해야 할 것이고."

저 멀리 붉은 석양이 눈에 들어온다.

"중원의 석양은 아주 아름다워. 마치 피로 물 들은 하늘 같아서."

만족스런 얼굴로 교주는 웃었다.

웃는 그의 몸에서 진득한 살기가 넘실거린다.

쾅!

"빌어먹을!"

자신의 방으로 돌아오자마자 거칠게 책상을 주먹으로 내
려치며 분을 토해내는 장양운.

설마하니 일선에서 제외가 될 줄은 생각조차 못했던 일
이다.

이렇게 되면 자신에게 돌아오는 이득은 아무것도 없었다.

오히려 계획을 실패했다는 전과만 남게 될 뿐.

"이게 아닌데…!"

쾅—!

부르르르!

분이 풀릴 때까지 책상을 내려치지만 그렇다고 바뀔 것
은 없기에 거친 호흡을 정리하며 의자에 앉아 분노를 가라
앉힌다.

"침착하자, 침착해."

'그래, 좋게 생각하자. 그렇지 않아도 서류 처리하는 것
은 이제 징그러울 정도였으니까, 잘되었다고 봐야지. 그래,
그렇게 생각하자.'

"후우…."

겨우겨우 몸과 정신이 진정되기 시작한다.

그러자 아무것도 생각나지 않던 머리가 회전하기 시작했
다.

"차라리 이번을 기회로 나도 무공 수련에 집중해야 하겠어. 인정을 받는 것도 중요하지만 가장 중요한 것은 역시 실력이니까."

다행히 이곳에선 '재료'를 조달하는 것도 그리 어렵지 않았다. 예전처럼 비밀스럽게 처리 할 필요도 없다.

거기에 싸움이 시작되면 더욱 자연스럽게 처리가 가능할 것이다.

"그래, 그래야 하겠어."

마음을 굳은 장양운이 자리에서 일어선다.

일어서는 그의 두 눈은 살기로 붉게 물들어 있었다.

쩌쩡-!

콰직!

굉음과 함께 부러져 나가는 낡은 철검.

갑작스런 상황에 검을 부딪쳤던 휘가 뒤로 물러서고, 소운 역시 당황한 듯 어쩔 줄을 몰라 한다.

"어… 벌써 부러지면."

비싼 것은 아니지만 무림에 출도 한 이후 처음으로 장만했던 검이라 제법 애착을 가지고 있었기에 소운은 검이 부러진 것을 너무나 아쉬워했다.

하지만 그것도 잠시였다.

언젠가 이렇게 될 것이란 것을 알고 있었기에 마음을 추스르는 것도 금방이었다.

특별하게 만들어진 것도 아닌, 대장간에서 파는 싸구려 장검이었으니.

이제까지 버텨온 것이 용할 정도인 것이다.

"미안하게 됐다."

"괘, 괜찮아요. 그렇게 비쌌던 것도 아니고… 언젠가는 이렇게 될 거라고 생각은 하고 있었어요."

아쉬운 얼굴을 하고서 말을 하는 소운을 보며 휘는 쓰게 웃었다.

"어쩌면 지금 부러진 것이 다행일 수도 있지. 실전 중에 부러지면 지금쯤 목이 날아갔을 수도 있으니까."

"그렇죠. 이게 다행일 수도 있죠."

고개를 끄덕인 소운은 잠시 고민하더니 곧 부러진 날을 챙겨서 다시 하나의 검을 만들더니 수건을 가져와 꽁꽁 싸맨다.

"그래도 그동안 잘 썼던 검이니까 가지고 있으려고요."

휘의 눈길에 먼저 입을 여는 소운을 보며 고개를 끄덕여 준 휘는 문득 이상하다고 생각했다.

'그러고 보니… 이 녀석 검이 저것이었나?'

여러 차례 부딪쳤었지만 그때마다 싸우기에 급급해서

제대로 살피지 못했었지만 분명 당시 그가 들고 있던 검은 저것이 아니었다.

복마검왕이 들고 있던 검은 보검(寶劍)이라 할 수 있을 정도였었다.

'그렇다면 뭔가 안배가 있거나, 따로 인연을 얻었다는 건데. 전자라면 괜찮지만 후자라면 지금 얻을 수 있을까?'

잠시 고민해보지만 어려웠다.

당시 그가 어떻게 그 검을 손에 쥐게 되었는지 휘로선 전혀 알 방법이 없으니까.

바로 그때 소운이 자리에서 일어서며 말했다.

"아무래도 이젠 때가 된 것 같습니다."

"때가 되었다고?"

휘의 물음에 잠시 머뭇대던 소운이 입을 연다.

"문파에서 안배한 곳이 있는데, 그곳에 제가 쓸 수 있는 검이 있다는 것 같습니다. 전부터 찾아가려고 생각만 하고 있었는데… 이젠 가봐야 할 것 같네요."

"혼자 다녀와도 되겠어?"

"예."

씩씩하게 고개를 끄덕이는 소운을 보며 휘는 흔쾌히 허락해 주었다.

당연한 일이었다.

무인에게 있어 자신에게 맞는 무기가 얼마나 중요하던가. 당장 휘만 하더라도 혈룡검이 아니라면 다른 무기를 쥘 생각도 하지 않았을 것이다.

　소운이 자신에게 맞는 무기를 들고 돌아온다면… 지금과 비교 할 수 없을 정도로 강한 힘을 발휘 할 수 있을 것이었다.

　그렇게 휘의 허락을 구한 소운은 그날로 즉시 암문을 떠났다.

　곧 돌아오겠다는 말을 남기고서.

85 章

　청해와 사천의 경계.

　그렇지 않아도 일월신교와 꾸준한 마찰이 있던 그곳으로 대규모 무인이 투입되기 시작했다.

　일월신교의 본격적인 움직임에 그동안 예의주시하고 있던 중원 무림이 발칵 뒤집힌 것은 당연한 일이었다.

　정도맹에선 다급히 무인들을 파견하고 각 문파에 도움을 요청했고, 사황련 역시 무인들을 인근으로 파견하는 동시 정도맹과 손을 잡기 위해 먼저 손을 내밀었다.

　마음에 들진 않지만 사황련 만의 힘으론 버텨 낼 수 없다는 판단으로 삼뇌가 제안했고, 사황이 승낙함으로서 극적으로 이루어졌다.

검제와 신묘.

사황과 삼뇌.

각기 정도맹과 사황련의 핵심이라 할 수 있는 네 사람이 한 자리에 마주했지만 이곳 악양제일루를 포위하고 선 두 세력의 무인들 때문에 누구도 이곳에 발을 들이지 못하고 있었다.

심지어 악양제일루에서 일을 하는 사람들마저도 준비를 마치고서 자리를 비웠으니.

심각한 밖의 상황과 달리 이들이 앉은 자리의 분위기를 그리 나쁘지 않았다.

세간에서 항상 비견되는 신묘와 삼뇌이지만 실상 어느 정도 끈을 가지고서 가끔이나마 이야기를 하는 사이였고, 검제 역시 사황에게 딱히 나쁜 감정을 가지고 있지 않았다.

아니, 오히려 호기심을 가지고 있었다.

아직 어린 나이에 사황이란 거창한 별호를 얻은 것은 물론이거니와 그 실력 역시 결코 낮지 않았으니까.

"허면 미리 서신으로 전달한 대로 일월신교를 상대하는 데 있어선 당분간 앙금이랑 잊고 손을 잡는 것이 좋겠습니다."

"저도 그리 생각합니다. 일월신교를 너무 쉽게 생각하는 이들이 있습니다만, 그들은 결코 쉬운 상대가 아닙니다."

"동의합니다."

삼뇌의 말에 신묘가 고개를 끄덕인다.

두 사람이 보았을 때 일월신교의 전력은 아직 제대로 드러나지도 않은 상태였다.

헌데, 보이는 것만으로 저들의 힘을 유추하며 가볍게 보이는 이들이 있음이니 안타깝지 않을 수 없었다.

그렇게 두 사람이 앞으로의 일에 대해서 의견을 나누는 사이 검제와 사황은 가벼운 담소만을 나누고 있었다.

"아직 어린 나이에 실력이 대단하군. 사황이라는 이름이 결코 부족하지 않겠어."

"아직 부족한 이름입니다. 그저 주변에서 기분 좋으라고 붙여 놓은 이름일 뿐이죠."

"허허, 눈에 보이는 것이 있는데 무슨 소린가. 자네가 사황이란 이름을 달지 않는다면 과연 누가 있어서 달수 있단 이야긴가? 그것보다 실질적인 의논이야 머리 쓰는 두 사람이 알아서 할 테니, 우리는 비무나 하지 않겠나?"

"맹주님!"

말이 끝나기 무섭게 옆에 앉아 있던 신묘의 제지가 들어온다. 짧게 혀를 차며 고개를 돌리는 검제.

맹주의 자리에 오르고 난 뒤 워낙 바쁘게 움직이다보니 사황과 같은 실력자를 보자 검을 나누고 싶다는 욕망이 꿈틀거렸던 것이다.

그래도 자리가 자리인지라 신묘의 제지에 더 말을 꺼낼
수 없었지만.

그때였다.

"가벼운 몸 풀기라면 저도 괜찮을 것 같습니다. 솔직히
말해서 이런 좋은 기회를 놓친다는 것도 아깝지 않습니까?
언제 또 이런 자리가 만들어 질 것인지 알 수도 없고."

"련주님."

기겁한 삼뇌가 재빨리 사황을 말려보지만 이미 두 사람
사이에 불이 붙은 뒤였다.

결국 삼뇌와 신묘의 시선이 부딪치고 동시 고개를 끄덕
인다.

기왕 이렇게 된 것 최대한 빠르고 조용히 처리하는 것이
나을 것이었다. 말린다고 해서 들을 사람들도 아니고.

"조건이 있습니다. 장소는 바로 이곳에서 할 것과."

"내공과 무기를 사용하지 말 것."

"외부에 알려졌다간 난리가 날 겁니다."

죽이 맞는 두 사람의 빠르게 이어지는 말에 검제와 사황
은 고개를 끄덕이며 자리에서 일어섰다.

그렇지 않아도 네 사람이 앉아 있던 곳을 제외하면 텅 빈
공간이었기에, 내공 없이 겨루기엔 더없이 좋은 장소가 되
어 있었다.

적당한 거리를 두고 마주 선 두 사람.

내공과 무기를 쓸 수 없기 때문에 맨손으로 나섰지만 둘 사이의 긴장감은 이루 말 할 수 없을 정도였다.

"흡!"

"핫!"

기합과 함께 서로를 향해 달려든다!

❖

"준비가 끝났습니다."

월각주 섬전창(閃電槍) 벽단홍 그녀의 뒤편에 선 수하가 보고를 마치자 그녀가 돌아선다.

수천에 이르는 일월신교 무인들이 명령만 떨어지면 당장이라도 달려갈 듯 강렬한 투기를 일으키며 늘어선 모습이 장관이지 않을 수 없다.

놀라운 것은 이것마저도 선발대에 불과하다는 것이었다.

심지어 정예로 구성되어 있는 것도 아니었고.

"우리 애들은?"

그녀의 물음에 곁에 서 있던 사내가 고개 숙이며 답한다.

"통솔을 위해 여러 곳에 흩어졌습니다."

"일각은?"

"움직이지 않았습니다. 이번 출정은 원하는 자들에 한해서 선발로 나섰기 때문에… 명령이 있지 않는 이상 쉽게 움직이진 않을 것 같습니다."

"그래. 가봐."

"명."

스스슥.

명령이 떨어지기 무섭게 모습을 감추는 수하를 뒤로하고 그녀는 선두에 선 자들을 하나하나 살핀다.

교에서 이름을 알린 자들도 있지만 아직 이름조차 알리지 못한 자들이 태반.

그렇다고 해서 실력이 모자란 것은 아니다.

일월신교 기준으로 하자면 모자라겠지만 중원 무인들과 비교하면 저들에게 미안할 수준일 테니까.

'중원 무림보다 본교의 수준이 더 높다는 것이 지금으로선 저들이 가질 수 있는 자존심 중 하나일 테니 괜찮겠지. 딱히 틀린 것도 아니고.'

교주에게 직접 선발대를 맡으라는 명령을 받은 이상 그녀는 성공적으로 이번 일을 해결할 생각이었다.

그렇기에 자신이 이끌고 있는 월각 무인들을 적극적으로 투입했다.

'귀찮았는데 잘 된 일이기도하고.'

여기에 귀찮을 정도로 장양운이 들러붙었기 때문에 그녀로선 오히려 이번 일이 잘되었다 생각될 정도였다.

죽은 일각주와 같은 충성심은 없지만 최소한 의리를 지킬

줄 아는 것이 그녀였다.

단목성원이 완전히 실각된 것이 아니니 그가 포기를 하지 않는 이상은 여전히 그를 지지할 것이었다.

그런 상황에서 장양운이 달라붙으니 귀찮을 수밖에.

물론 장양운의 입장을 모르는 것은 아니지만, 그녀의 성격상 어쩔 수 없는 부분이었다.

"우리의 첫 번째 목표는…!"

쩌렁쩌렁!

내공을 실은 그녀의 목소리가 사방으로 퍼져나가고.

"사천의 점령이다!"

"우와아아아!"

시원하게 내지르는 함성이 천지를 뒤흔들고!

"출진!"

그녀의 명령과 함께 일월신교 무인들이 움직이기 시작했다.

이제 시작이었다.

일월신교의 천하일통을 위한 걸음은.

한편 그 모습을 산 정상에서 지켜보고 있는 이가 있었으니, 바로 음마선인이었다.

금문도에서 취진양을 구하기 위해 모습을 드러내었다가 사라졌던 그가 이곳에 다시 모습을 드러내고 있었다.

홀로 무표정한 얼굴로 중원을 향해 움직이기 시작한 교의 무인들을 보던 그가 작은 움직임을 보인다 싶더니 곧 사라진다.

모습을 감춘 음마선인이 다시 모습을 드러낸 곳은 뜨거운 김이 펄펄 끓어 넘치는 온천에서였다.

곤륜에서 멀지 않은 곳에 있는 온천.

우연히 이곳을 찾은 이후 거의 매일을 이곳에 들리는 교주 덕분에 아예 전각까지 지어진 이곳.

"수고했다."

첨벙.

온천 안에서 느긋한 얼굴로 음마선인을 맞이하는 교주.

"진격을 개시했습니다. 특별한 마찰은 없었고, 월각주가 이후의 일을 잘 해낼 수 있을 것 같습니다."

"원래 월각주가 좀 딱딱한 면이 있잖아. 내린 명령은 또기가 막히게 처리하면서 말이야. 이번 일도 잘 처리하겠지. 월각 무인들도 제법 동원되었다면서?"

"정예까지 투입하진 않았으나 제법 많은 숫자를 동원했습니다. 만약의 경우엔 그들을 한 곳에 모음으로서 날카로운 비수를 만들 생각인 것 같습니다."

음마선인의 이어지는 보고에도 교주는 눈을 감은 채 온천을 즐긴다.

마치 아무래도 좋다는 듯 말이다.

"중원의 움직임은?"

"딱히 감추지 않고 움직였던 덕분인지 제법 기민하게 움직이긴 했습니다만, 정예까진 움직이진 않은 듯합니다."

"본교를 깔보고 있는 건가?"

"그럴 수도 있다고 봅니다."

"아무튼 재미있는 놈들이라니까. 벌써 우리 손에 무너진 문파가 몇인데 아직도 저러고 있으니… 쯧쯧. 이래서 윗대가리들이 머리가 안돌면 패가망신하게 되어 있다니까."

혀를 차며 몸을 일으키는 교주.

촤아악!

근육의 골을 따라 흘러내리는 물.

완벽.

그 두 글자 이외엔 생각이 나지 않는 그의 알몸에 어느 사이에 가져온 것인지 음마선인이 몸을 닦을 수건을 건넨다.

당연하다는 듯 그것을 받아 몸을 닦는 교주.

"중원에 한 방 제대로 먹였으면 하는데, 뭐가 좋을까? 의견이 있으면 말해봐."

교주의 말에 음마선인은 잠시 눈을 감도 고민하다 입을 열었다.

"선발대가 사천을 공략하는 동안 별동대를 운영하는 것이 좋을 것 같습니다."

"별동대라… 목표는?"

"정파 무림의 심장. 소림이나 무당이 좋을 것 같습니다."

"소림과 무당이라… 재미있겠군."

그의 제안에 웃으며 옷을 챙겨 입는 그.

사락, 사라락.

부드러운 최고급 비단으로 만들어진 깨끗한 옷을 입고 나서 그제야 밖으로 향하는 교주.

음마선인이 그의 뒤를 쫓는다.

"많은 인원을 투입하기는 어렵고, 그렇다고 어설프게 투입하기도 그렇고. 소림과 무당 전부 투입된 인원이 살아 돌아오긴 어려울 테니 쓰기 아까운 놈들을 보낼 수도 없고… 누가 있을까?"

중얼거리며 움직이던 그가 멈춘 곳은 한쪽에 마련되어 있는 정자였다.

정자 난간에 걸터앉은 채 한참을 고민하던 그가 여전히 부동자세로 있는 음마선인에게 물었다.

"추천할만한 자가 있나?"

"…제가 가는 것이 가장 좋을 듯합니다."

"호? 네가?"

"그것이 가장 큰 효과를 볼 수 있을 것이라 생각합니다."

"죽을 수도 있는 일이다."

"죽어서라도 교의 대업에 도움이 된다면 그것만으로도 충분히 성공적인 삶일 것입니다."

단호한 그의 대답에 교주는 피식 웃으며 고개를 끄덕였다.

"좋아. 네게 이번 일을 맡기지. 소림과 무당 둘 중 어느 곳을 선택할 것인지는 네가 알아서 하도록 해. 인원은 이백 안쪽으로 구성하도록 하고, 네 마음대로 차출해도 좋아."

"명을 따릅니다."

스르륵.

명령이 떨어지기 무섭게 모습을 감추는 음마선인.

"태경아."

"예, 하명하소서."

스륵.

부르기 무섭게 그의 앞에 무릎을 꿇으며 모습을 드러내는 태경.

"녀석이 이번 일을 처리하는데 조용히 돕도록."

"그리 하겠습니다."

"기왕 희생을 치를 거라면… 제대로 뽑아내는 게 좋을 것 같지?"

"이번 기회에 암문의 전력도 살펴보겠습니다."

"가봐."

고개를 숙이고 사라지는 태경.

굳이 여러 말을 하지 않아도 자신의 속을 읽어내는 태경 덕분에 일이 재미있게 돌아갈 것 같았다.

"소림과 무당. 그리고 암문이라… 재미있겠군."

재미있겠다.

그것이 솔직한 그의 심정이었다.

수도 없이 오랜 세월을 준비해온 중원 정벌이다. 그런 만큼 일월신교의 전력에 대해 그보다 잘 알고 있는 이는 없었다.

일월신교의 전력을 잘 알고 있기에.

교주는 따분했다.

굳이 자신이 나서지 않아도 무림을 손에 쥐는 일은 너무나 쉬울 것이기에.

덕분에 암문의 존재도 그에겐 하나의 재미였다.

자신이 세운 계획을 망치고, 앞을 가로 막는 것 또한.

이런 재미라도 없다면 무슨 맛으로 세상을 살겠는가.

"철저한 준비만이 성공의 길이다. 덕분에 내가 즐길 수 있는 것들이 줄어들었으니…."

쓰게 웃는 그.

"그래도. 두 번의 실패는 없다."

밤하늘을 바라보는 그의 눈이 빛을 발한다.

정도맹과 사황련은 감자, 금천, 흑수, 송반에 이르는 거대한 전선을 형성하고 일월신교를 막아서기 위해 나섰다.

숨기지 않고 움직인 덕분에 놈들이 감숙이 아닌 사천으로 향한다는 사실은 무림에 파다하게 알려졌다.

어느 쪽에도 속하지 않은 이들 역시 손을 보태기 위해 이곳으로 몰려들었기에 어마어마한 수준의 숫자가 사천에 집결하고 있었다.

무림의 사건이라곤 하지만 워낙 많은 숫자가 모이는 통에 군관에서도 예의주시하고 있었다.

만약 저들이 폭도로 돌변하기라도 한다면 씻을 수 없는 악몽으로 돌아오게 될 테니 말이다.

사천 전체가 긴장하며 예의주시하는 가운데.

결국 사건이 터졌다.

그 첫 시작은 규모는 작으나 석집을 중심으로 제법 오랜 시간을 버텨온 석창문이었다.

결과는 끔찍할 정도였다.

일각.

단 일각을 버티지 못하고 무너져 내린 것이다.

심지어 생존자 역시 전무했다.

하지만 이것은 시작에 불과했다.

석창문을 시작으로, 하수곡, 연검문, 태정파에 이르기까지 수십에 이르는 문파가 겨우 이틀 사이에 무너져 내렸다.

눈 깜짝할 사이에 인근 문파의 씨를 말린 일월신교. 그들과 정도맹 무인들이 처음 부딪친 것은 감자 인근에서였다.

치열한 싸움이 벌어졌고, 결국 무너져 내렸다.

철저한 대비와 준비를 했음에도 불구하고 방어선의 일각이 무너져 내렸다는 사실은 무림에 충격을 주기에 충분했다.

그러는 사이에도 놈들은 쉬지 않고 움직이고 있었다.

"현재 정도맹과 사황련이 손을 잡고 정예 무인으로 구성된 집단을 만들려고 노력 중에 있어요. 힘을 합쳐서 제대로 된 타격대를 만들자는 생각인 것 같은데…."

"지지부진하겠군."

"아무래도 쉽지 않은 일이니까요. 그래도 일단 만들어지고 성공적으로 운영 할 수만 있다면 일월신교를 위협하는 수단이 될 수 있을 거예요."

모용혜의 말에 휘는 고개를 끄덕이며 동의했다.

확실히 두 세력의 정예들이 모여서 한 번에 움직인다면 일월신교도 부담스러워 할 터다.

문제는 성공적으로 이 계획이 돌아간다면 말이지만.

정파와 사파의 골은 뭐라 말을 할 수 없을 정도로 깊은 것이라서 결코 쉬운 일은 아니었다.

그래도 각 단체의 수뇌들이 움직였으니 약간의 진통은 있을 지라도 만들어지긴 할 것이다.

'그렇게만 된다면 일월신교에 한 방 제대로 먹일 수 있겠지.'

"흠… 그런데 사천으로 움직이는 놈들 이외에 다른 움직임은?"

"지금 보고로는 아직 없는 걸로 알고 있지만, 솔직히 말해서 이대로 그냥 있을 것처럼 보이진 않네요."

"그렇지?"

"바보가 아니고서야 모두의 이목이 사천으로 쏠린 틈을 이용하지 않을 수가 없을 테니까요."

"오히려 그걸 역으로 이용해서 안 움직일 가능성은?"

휘의 물음에 모용혜는 말도 안 된다는 듯 고개와 손을 휘저으며.

"움직이는 것이 무조건 이득인 상황에서 어떻게 움직이지 않을 수 있겠어요. 그동안 일월신교의 움직임을 생각한다면 무조건 움직이겠죠."

"그렇긴 하지. 결국 규모의 문제겠네."

휘의 말에 고개를 끄덕이는 모용혜.

"사람들의 눈에 최대한 띄지 않으면서도 중원 무림에 충격을 줘야 할 테니, 소수정예로 움직이겠죠. 문제는 그 소수정예의 힘이 얼마나 되는 것이지만요."

"흐음…."

턱을 쓰다듬으며 고민하는 휘.

'놈들이 어딜 공격하려고 할까?'

일월신교의 막강한 전력을 생각하면 소수정예 부대를 여럿 구성하여 한 번에 내보낼 수도 있다.

하지만 그렇게 까진 하지 않을 것 같고, 노린다면 중원 무림에 제대로 타격을 줄 수 있는 그런 곳을 선택할 것이다.

'제일 효과가 좋은 곳은 역시 정도맹, 사황련 본단을 때리는 거겠지만, 아무리 그래도 그렇게는 못 할 것이고. 그러면 소림이나 무당?'

"소림과 무당이라…."

홀로 중얼거리는 소리가 흘러나가고, 그것을 들은 모용혜가 단박에 고개를 끄덕였다.

"그렇겠네요. 저들 입장에서 보면 소수정예로 중원 무림에 충격을 주기 제일 좋은 곳이 소림과 무당이겠네요. 아무래도 구파일방 이전에 중원 무림의 대들보라는 상징이 강한 곳이니까."

"그렇겠지. 문제는 어느 쪽이냐… 인 건데."

목표를 좁히고서도 문제가 완전히 해결 되는 것은 아니었다.

양쪽 모두를 지키고 있을 수는 없는 일이니까.

하지만 모용혜의 생각은 달랐다.

"하지만 그게 과연 쉬울까요?"

"응?"

"두 문파 모두 은거하셨던 분들이 다시 모습을 드러낸 것으로 알고 있는데다, 미리 연락을 해놓으면 알아서 충분한 방비를 하지 않을까요? 그러면 굳이 우리가 움직이지 않아도 될 것 같은데요."

"그렇게 생각하면 쉽긴 한데…."

사실 휘도 모용혜의 생각과 딱히 다르진 않았다.

그것이 최선의 방법이기도 했고.

"놈들이 그걸 과연 모를까?"

그것이 문제였다.

알면서도 공격을 해온다는 것.

철저하게 준비한 놈들의 공격이 얼마나 무서운 것인지 휘는 아주 잘 알고 있었다.

아무리 은거한 무인들이 다수 나왔다 하더라도 작정한 놈들의 공격이면 소림이든, 무당이든 작지 않은 타격을 입을 것이 뻔했다.

'그것이 죽음을 각오한 공격이라면 더 그렇겠지.'

휘의 머릿속에 떠오르는 붉은 환단.

아직 이름도 모르지만 그것이 어떤 역할을 하는 것인지
는 이젠 확실히 알고 있었다.

선천진기를 폭발적으로 끌어올려 막대한 힘을 주지만,
선천진기가 바닥나면 죽을 수밖에 없는 위험한 물건.

그걸 가지고 있다면… 피해는 더 커질 수밖에 없을 터다.

"이러지도, 저러지도 못하겠군."

얼굴을 찌푸리며 휘가 갈피를 잡지 못하고 있을 때, 정신
없이 바쁜 사람이 있었다.

"이거, 서류가 부족하잖아! 제대로 못해?!"

"죄송합니다!"

"다시 해오고, 이쪽은 괜찮네. 그대로 진행해!"

관리할 시간 따윈 없다는 것을 몸소 증명하고 있는 여인들.

수십에 이르는 여인들이 기름이 쫄쫄 흐르다 못해, 떡이
져도 씻질 못하고.

푹 잠을 자지 못하는 것인지 눈 밑이 검게 죽어선 비틀거
리며 일을 하고 있었다.

당연히 파세경이라고 해서 다를 것이 없었다.

아니, 그녀가 제일 심각했다.

가벼운 옷차림이라곤 하지만 벌써 며칠 째 갈아입지도
못하고 있었으니까.

그만큼 그녀는 숨을 돌릴 틈도 없이 일을 처리하고 있었다.

중원 전체가 급박하게 돌아가기 시작하자 천탑상회에서 처리해야 하는 일 역시 폭증하기 시작했다.

더욱이 이어지는 싸움을 버티지 못하고 겁먹고 문을 닫는 곳부터, 싸움에 휘말려서 사라지는 곳까지 잔뜩 이다보니 사람들이 믿을 수 있는 대형 상단을 찾기 시작했고.

천탑상회는 사람들의 기대에 완벽하게 부응하는 곳이었다.

절로 끝도 없이 일감이 밀려들었다.

문제는 무림에서 들어오는 요청도 결코 적지 않다보니, 그녀를 비롯한 천탑상회의 중심이라 할 수 있는 이곳 상황은 그야 말로 전시상태, 그 자체였다.

"서둘러. 하루라도 빨리 끝내놓고 이동해야 하니까!"

"예!"

그녀의 말에 일제히 대답하는 여인들.

아무리 일이 밀려든다고 해도 이렇게까지 여유가 없지는 않았다.

그럼에도 불구하고 이렇게까지 하는 것은 이전의 경험을 되살려서 싸움에 휘말리기 전에 암문으로 이동을 하기 위해서였다.

임시라곤 하지만 천탑상회의 중심을 옮기는 것이나 마찬가지기에 최대한 일을 빠르게 처리하려는 것이다.

"조금만 더 하면 충분히 쉴 수 있어!"

"약속하신 거예요!"

"휴가 안주시면 도망 갈 거예요!"

누군가의 말에 여기저기서 웃음이 터져 나온다.

힘들어 죽을 것 같은 상황에서도 웃음이 나온다는 것은 그만큼 서로가 서로를 믿고 있다는 증거나 마찬가지.

"어머, 분위기 좋네?"

그때 아무런 경고도 없이 문을 열고 안으로 들어오는 사내가 있었으니.

절대금남의 구역이라 할 수 있는 이곳에 사내가 들어왔음에도 누구하나 반응하지 않는다.

오히려 그가 이곳에 들어오는 것을 당연하게 여기고 있었다.

신기할 정도로 말이다.

"자기, 오늘은 좀 씻어야 하겠다. 영, 상태가 별로네?"

"사마령님은 상태가 좋아서 좋으시겠네요?"

"당연하지! 매일매일 몸을 씻어야 이 좋은 피부를 유지하지!"

"우우우!"

사마령의 말이 떨어지기 무섭게 여기저기서 야유가 터져나온다.

"호호홍! 부러우면 지는 거란다!"

야유하는 여인들에게 보란 듯이 웃어 보이는 사마령.

그런 그의 모습에 파세경은 웃지 않을 수 없었다.

처음 그를 보았을 때는 솔직히 남자라서 거북한 것도 있었지만, 그것도 아주 잠시였다.

시간이 흐르면서 남자라기 보단 또 다른 언니가 생겼다는 느낌? 실제로 여자를 탐하는 것도 아니지 않은가.

남자를 좋아하면 좋아했지.

익숙하게 여기저기 말을 붙이며 이동하던 사마령이 파세경의 앞에 섰다.

"자기, 준비는 거의 다 되가? 이쪽은 끝났는데."

"이제 곧이요. 하루, 이틀 안으로 끝날 것 같아요."

"그래? 흐흥! 우리 잘생긴 주공을 다시 볼 수 있겠넹!"

생각만 해도 좋다는 듯 웃는 그를 보며 파세경은 다시 서류를 향해 고개를 숙였다.

그런 그녀를 보며 사마령은 웃으며 몸을 돌린다.

"다들 수고해! 내가 암문으로 돌아가면 맛있는 것 사줄 테니까!"

"약속이에요!"

"난 약속은 반드시 지켜!"

웃으며 손을 흔든 사마령이 방을 빠져나가자.

다시 사람들이 정신없이 서류에 매달린다.

하루라도 빨리 끝내기 위해서.

暗隱
君墨
86 章

婚在歸還

86 章

　환하게 불이 들어와 있는 천탑상회의 건물을 멀리 떨어진 산에서 지켜보는 태경.

　'생각보다 방비가 튼튼하군.'

　중원에서 제법 이름을 날리고 있는 곳이라 하더라도 결국 무림문파가 아니기 때문에 쉽게 생각했었다.

　그런데 막상 도착하고 보니 쉽게 생각할 것이 아니었다.

　당장 눈에 보이는 상단 무인들은 문제가 아니었다. 숫자는 많지만 실력 있는 자들은 몇 없어 보였으니까.

　문제는 눈에 보이지 않는 자들이었다.

　'암문의 무인들인가?'

놈들에 대해서 태경은 잘 알고 있었다.

생강시를 만드는 도중에 탈출한 놈들.

어떻게 그곳을 탈출한 것인지 알 수는 없지만, 사사건건 신교의 일에 방해를 하곤 하는 놈들.

"쓰레기 같은 놈들."

일월신교의 성스러운 무기가 되었어야 할 놈들이 배신을 한 것도 모자라 교의 움직임을 반대하고 나서는 것들이 태경의 눈엔 우습기 그지없었다.

말은 그렇게 해도 당장 놈들을 어떻게 할 수가 없다는 게 문제라면 문제다.

좋든 싫든 놈들에겐 실력이 있으니까.

'임무만 아니라면 해치워 버릴 텐데. 쯧…'

음마선인이 가는 곳으로 암문을 유인하는 일이 아니라면 저들을 상대하고도 남음이 있는 것이 태경의 실력이다.

다만 그러기 위해선 시간이 걸리다보니 임무를 실패 할 수밖에 없기에 그러지 못하는 것일 뿐.

'그래도 놈들이 천탑상회와 관계가 있다는 것은 확실하군.'

천탑상회 곳곳에 숨어 있는 암문 무인들을 떠올리며 태경은 본래 세웠던 계획을 변경했다.

"천탑상회주를 납치하려던 계획을 변경해야 하겠군."

어쨌든 목표는 암문을 끌어내는 것.

이곳에 암문 무인들이 다수 있으니… 그것을 잘 이용한다면 굳이 귀찮게 천탑상회주를 납치하지 않아도 될 것 같았다.

"계획을 변경한다."

그의 말이 끝나기 무섭게 뒤편으로 서서히 모습을 드러내는 검은 인영들.

"모조리 죽여라."

파바밧!

팟—!

태경의 명령이 떨어지기 무섭게 대답도 없이 앞으로 달려 나가는 놈들!

딱히 정체를 감출 생각도 없는 듯 그들은 마기를 물씬 풍기며 천탑상화를 향해 달려간다.

"흥, 흥!"

가벼운 발걸음으로 자신의 거처로 움직이던 사마령의 움직임이 돌연 멈춘다.

그리고 멀리 떨어진 산을 바라보던 그가 다급히 외쳤다.

"적이다!"

땡땡땡!

내공이 가득 실린 그의 목소리가 천탑상회에 울리기 무섭게 비상종이 빠르게 울리고.

"대피! 대피하라!"

"정해진 위치로 움직여라! 빨리!"

비상종과 함께 바쁘게 일을 하던 사람들이 동시 일손을 놓고 빠르게 움직이기 시작했다.

미리 이런 일이 벌어지면 움직이기로 한 약속이 있었기에 일사분란하게 자리를 피하는 사람들.

빠르게 정문을 비롯한 외부로 향하는 문이 닫히고, 무공을 모르는 자들은 대피소로. 무인들은 방어를 위해 정해진 자신의 위치를 향해 빠르게 달린다.

사마령 역시 그냥 있지 않았다.

"전 암영들은 천탑상회주의 안전을 중시한다. 즉시 준비된 통로로 안내하도록."

– 명!

어둠속에 녹아드는 사마령과 암영들.

그리고 잠시 뒤.

콰쾅-! 쾅!

굉음과 함께 놈들의 습격이 시작되었다.

단숨에 정문을 때려 부수고 달려드는 놈들을 향해 언제 준비했는지 화살이 날아든다.

피핑! 핑!

아무렇게나 쏘아지는 화살이지만 그 수가 워낙 많아, 미처 피하지 못하고 몸에 틀어박히는 화살들!

"좋았어! 먹힌… 헉!"

"쿠아아아!"

화살이 틀어박히자 좋아하던 상단 무인들의 얼굴이 창백해진다.

도저히 인간 같지 않은 괴성을 내지르며 놈들이 움직이기 시작한 것이다.

머리에 화살이 틀어 박혀도, 심장에 박혀도.

놈들은 멈추지 않고 꾸역꾸역 달려들었다.

그리고.

콰직!

"아아악!"

놈들의 육탄 공격이 시작되었다.

"크아악!"

"사, 살려…!"

"괴물… 컥!"

여기저기서 비명이 울리며 속절없이 밀리기 시작하는 무인들.

칼이 들어가도 죽지 않는 놈들의 모습에 공포에 질려 제대로 된 힘을 발휘하지 못하기 시작한다.

준비된 것이 아직 많음에도 떠올리지 조차 못하는 것인지 사용하지 못했다.

'제기랄! 왜 하필이면…!'

그 모습을 보며 사마령은 이를 악물었다.

저 자리에 있는 무인들의 마음이 이해가지 않는 것도 아니었다. 분명 죽었어야 할 자들이 죽지 않고 달려드니 얼마나 공포스러운가.

이를 악문 사마령이 결국 참지 못하고 명령을 내렸다.

– 상회주를 대피시킬 몇을 빼고 전원 저 강시들을 처리한다. 확실하게 움직이지 못하도록 처리해.

– 명!

츠츠츠!

스컥!

사마령의 명령과 함께 어둠을 벗어난 암영들이 일제히 놈들을 향해 달려들었다.

그들의 등장에 상단의 무인들이 안도의 한숨을 돌릴 때 책임자의 곁에 사마령이 모습을 드러내었다.

"즉시 후퇴를."

"예, 예! 후퇴! 후퇴한다!"

사마령의 말이 떨어지기 무섭게 후퇴를 명령하자, 그제야 빠르게 물러서는 상회 무인들.

이 역시 미리 약속되어 있던 것이기에 아무런 문제가 없다.

다만 이것은 최악의 상황을 가정했었던 것이지만, 지금 상황에선 아무래도 어쩔 수 없었다.

가진 것을 제대로 활용하지 못할 정도로 당황한 상태니 제대로 저들을 막아 낼 수 있을 리가.

퍼펑!

텅-!

여기저기서 가죽 터지는 소리가 들려오고, 간간히 살과 뼈를 가르는 소리가 들려오지만 극소수다.

암영들이 본격적으로 나서서 각자의 무기를 휘두르고 있음에도 놈들의 몸은 단단하기 그지없다. 그래도 아예 암영들을 압도할 정도는 아니었기에 조금씩이지만 정리가 되고 있었다.

'뭔가 너무 쉬울 정도인데…'

물론 놈들의 습격은 놀라운 것이었다.

일반 무인도 아니고 강시를 이용한 습격이라는 점에서 더욱 그랬다.

헌데, 겨우 이걸로 끝?

뭔가 이상하다 생각하고 있을 때였다.

"제법 눈치가 빠르군."

"뭣?!"

쩌엉!

"컥!"

터팅, 텅!

갑작스레 옆에서 들려오는 목소리에 깜짝 놀라며 반응을

제대로 하기도 전에 옆구리를 강하게 때려오는 주먹!

순식간에 바닥을 몇 바퀴 구르고 나서야 벌떡 일어설 수 있었지만.

주륵-.

미처 예상하지 못한 순간에 얻어맞은 덕분에 속이 상한 것인지 입가로 피가 흐른다.

"퉤!"

입 안의 피를 뱉어내며 이를 악무는 사마령.

습격이었지만 그 기척을 조금도 잡아내지 못했다.

심지어 놈이 입을 열지 않았다면 때리는 그 순간까지 결코 몰랐을 것이다.

"제법이로군. 그 짧은 순간 몸을 날려 충격을 완화하다니."

태경은 진심으로 사마령을 칭찬했다.

도무지 피하지 못할 것 같은 그 순간, 그런 판단을 내린다는 것은 결코 쉬운 일이 아니니까.

'고수다. 내가… 상대 할 수 없는.'

으득!

단 한 번의 공격이었지만 사마령은 상대와의 차이를 납득하지 않을 수 없었다.

자신으로선 도저히 상대 할 수 없는 자.

이렇게 되면 선택 할 수 있는 길은 두 가지다.

'도망치던가. 상대하던가.'

선택지는 있지만 답은 이미 정해져 있다.

"쳐!"

사마령의 명령이 떨어지기 무섭게 암영들이 태경을 향해 달려들었고.

일말의 망설임도 없이 달려드는 그들을 보며 태경은 이를 드러내며 웃었다.

"재미있군."

정면에서 달려들며 검을 찌르든 암영!

텅!

왼손바닥으로 검을 쳐내며, 단숨에 품으로 파고들어.

오른 주먹으로 암영의 머리를 후려친다!

콰앙!

굉음과 함께.

암영의 머리가 터져나가고, 이어 목을 노리고 날아드는 검을 반발자국 뒤로 물러서며 아슬 하게 피해내곤 오른손으로 놈의 팔을 잡아 당겼다.

그리고.

우드득!

비명 같은 소리와 함께 암영의 목이 돌아간다.

어지간한 무기에 상처하나 입지 않던 암영들의 육신이 단숨에 터져나가고, 목이 돌아간다.

그것이 끝이 아니었다.

"흐읍!"

기합과 함께 그의 두 주먹에서 쏘아져 나가는 선홍의 권강이 단숨에 암영들을 덮치고!

"피해!"

사마령이 비명을 지르듯 외치지만 때는 늦었다.

콰쾅-!

퍼퍼펑!

후두둑.

단숨에 수 명의 암영들이 권강에 적중 당하며 육신을 잃는다.

비산하는 살점과 피.

그 압도적인 모습에 도망칠 법도 하건만 사마령은 재빨리 자신의 독문병기인 채찍을 풀어내며 달려들었다.

짜악!

허공을 후려치며 뱀처럼 휘어 들어오는 채찍!

신기에 가까운 놀림이었지만 태경은 어렵지 않게 공격을 피하며 뒤로 물러서고.

- 후퇴해.

- 하지만…!

- 후퇴해! 여긴… 내가 맡는다.

으득!

이를 악무는 사마령을 보며 암영들이 주춤하더니 곧 빠르게 몸을 날려 사방으로 흩어진다.

"허? 이것 봐라?"

달려들 줄 알았더니 도망치는 모습에 허탈하게 웃는 태경.

설마 도망칠 것이라곤 생각지도 못했던 탓이다.

쫓으라면 쫓을 수야 있겠지만 사방으로 흩어진 탓에 모두를 잡을 수는 없을 터다.

거기에….

"그래도 한 놈은 남았군."

투기를 드러내고 있는 사마령이 남았고.

기대 된다는 듯 태령이 웃는다.

"하악, 하악!"

"이쪽으로!"

거칠게 숨을 토해내면서도 파세경을 위시한 여인들은 쉬지 않고 뛰었다.

만약을 위해 비밀리에 만들어 놓은 지하 동굴.

빛 한 점 들어오지 않는 그곳을 횃불 몇 개에 의지해서 얼마나 달렸을까.

"잠시만 기다려 주십시오."

호위 중 하나가 조용히 동굴 밖으로 나간다.

이곳의 출구는 천탑상회와 멀리 떨어진 야산의 동굴과 이어지는데, 그 입구는 밖이 보이지 않을 정도로 넝쿨이 우거져 있었다.

외부에 나갔다가 돌아온 호위가 밝은 얼굴로 말한다.

"암문에서 기다리고 있습니다. 안전합니다."

"하아…!"

그제야 안도의 한숨을 내쉬는 사람들.

하지만 아직 안전하다고 할 수는 없기에 파세경이 사람들을 둘러보며 말했다.

"아직 안전하다고 할 수 없으니까 서두르죠."

"네!"

그렇게 미리 대기하고 있던 암영들의 도움으로 파세경들이 암문으로 이동하는 동안, 사마령을 남기고 자리를 벗어났던 암영들 중 발이 빠른 자들이 빠르게 암문으로 복귀했다.

암문과 천탑상회가 멀지 않기에 가능한 일.

"그래서 사마령 혼자 남았다고?"

"예."

고개 숙이며 답하는 암영을 뒤로하고 휘는 빠르게 옷을 챙겨 입었다.

하필이면 씻고 있던 중이라, 빠르게 옷을 챙겨 입고 혈룡검을 손에 든 그가 밖으로 향하자 이미 소식을 들은 암문

무인들이 집결해 있었다.

"가자."

파바밧!

긴 말이 필요 없었다.

휘의 명령과 함께 일제히 달리기 시작하는 그들.

모습을 드러내놓고 움직이는 그들의 모습은 마치 검은 해일과도 같았다.

쫘악!

사마령의 채찍이 땅에 흔적을 남기며 지나가고, 어느새 근접한 태경이 주먹을 휘두르는 그 찰나.

휘리릭!

언제 꺼내 든 것인지 또 하나의 채찍이 그의 손을 휘감으며 잡아당긴다.

순간 열리는 가슴.

"핫!"

기합과 함께 어깨로 강하게 두들긴다!

텅!

작은 부딪침과 함께 뒤로 물러서는 그를 향해 왼손의 채찍은 여전히 그의 팔을 묶은 상태에서 회수한 오른손의 채찍을 날카롭게 휘두른다.

정확히 놈의 목을 노리고.

"흡!"

짧은 기합과 함께 빠르게 자신의 팔을 붙든 채찍을 손으로 잡아 당겼다가 풀어내며 생기는 짧은 공백을 이용해 날아드는 공격을 피해낸 태경은 재빨리 발을 들어 채찍을 짓눌렀다.

단숨에 두 개의 채찍을 묶어둔 그가 땅을 박차고 달려든다.

"빌어먹을!"

재빨리 채찍에서 손을 놓으며 물러서는 사마령.

하지만 태경 역시 기회를 놓치지 않겠다는 듯 따라잡으며 주먹을 휘두른다.

허공을 가를 때마다 나는 날카로우면서도 묵직한 소리에 온 몸이 곤두서지만, 사마령은 이를 악물며 참았다.

여기서 밀리면 더 이상 시간을 끌 수 없음을 알기 때문이다.

'더, 더, 더! 더 시간을 끌어야 해!'

시간이 얼마나 지났는지는 알 수 없지만 분명한 것은 모두가 탈출 할 수 있도록 시간을 끌어야 한다는 것.

사마령의 머릿속엔 오직 그것 뿐.

촤르륵!

양쪽 허리춤에서 단검을 꺼내 빠르게 던지는 사마령.

단검을 이용해 단숨에 거리를 벌릴 생각이었지만.

쩡!

이미 읽고 있었다는 듯 어렵지 않게 손등으로 빠르게 쳐 내는 태경.

단숨에 거리가 좁혀지고.

"하앗!"

투확-!

태경의 주먹이 사마령의 복부를 파고든다.

콰지직!

쩌적!

뼈가 부러지는 소리가 천둥처럼 들려오고, 상상을 초월 하는 고통에 숨을 쉴 수 없을 정도였지만.

사마령은 이를 악물고 몸이 꺾이는 그 순간 주먹을 내뻗 었다.

퍼억!

힘이 떨어진 주먹이지만 얻어맞는 순간 본능적으로 물러 서는 태경. 사마령 역시 비틀거리는 몸으로 재빨리 물러섰 다.

"우웩!"

몇 시진 전에 먹었던 점심을 눈으로 확인한다.

사이사이 섞인 피가 결코 좋지 않은 상태임을 나타낸 다.

욱씬, 욱씬.

몸을 피는 것만으로도 죽을 것 같은 고통이 밀려들어오지만 사마령은 참았다.

이를 악물고 참았다.

뿌득!

그러다 결국 어금니가 부러져 나가지만 개의치 않았다.

'시간을… 시간을 벌어야 한다.'

머릿속엔 오직 그 한 가지 생각 뿐.

"이거 너무 쉽게 봤나?"

얻어맞은 뺨을 쓰다듬으며 태경은 불만스런 얼굴로 사마령을 바라보았다.

제법 실력이 있는 것은 사실이지만 이렇게 얻어맞을 정도는 아니었다. 그것이 설령 자신의 실수라 하더라도 말이다.

우웅, 웅!

그렇지 않아도 강하게 풍기던 기운이 더욱 짙어진다.

위험할 정도로.

스르릉—.

그와 함께 이제까지 꺼내들지 않았던 검을 꺼내든다.

묵 빛의 검신.

빛 한 점 토해내지 않은 검은 검신이 태경과 더없이 어울려 보인다.

"끝을 보자."

서늘한 말과 함께 자세를 잡는 그의 몸에서 풍기는 진득한 살기에 사마령은 비틀거리는 몸으로 허리춤에서 또 하나의 채찍을 꺼내든다.

만약을 위해 대비해 놓은 마지막 채찍 하나.

휘리릭!

가볍게 그것을 흔들어 바닥 한 구석에서 뒹굴고 있는 다른 채찍을 잡아 올려 왼손에 쥔다.

우웅.

파르르…!

채찍에 내공을 밀어 넣자 그에 반응해 마치 살아있는 뱀처럼 꿈틀거리는 채찍들.

'시간을 벌어야 한다!'

고오오오!

순간 솟구치는 기운들.

마치 처음 싸우는 것 마냥 사마령의 몸을 강하게 맴도는 기운들!

단전에서 시작된 기운은 온 몸 구석구석 놓치지 않고 전달되며 끊임없이 솟아오른다.

콰직!

이를 악문 사마령이… 먼저 달려들었다.

쐐애액!

촤악!

양쪽에서 날아드는 채찍의 오묘한 놀림에 태경은 깜짝 놀라면서 빠르게 검을 휘둘렀다.

교묘하게도 검을 피해 움직이는 채찍!

깜짝 놀라며 재빨리 뒤로 몸을 움직이며 피해내려 하지만, 채찍은 그를 놓치지 않았다.

"흥!"

기합과 함께 날아드는 채찍을 향해 주홍의 검강을 쏘아낸다!

퍼펑!

허공에서 부딪친 채찍 하나가 중간에 끊어지며 길을 잃고.

반대편에서 날아든 채찍이 빈틈을 노려 가슴을 꿰뚫으려 했지만.

투확!

어느새 뻗어 올라온 다리가 채찍을 중간에서 후려친다.

내공이 실린 일격에 채찍이 방향을 잃자 빠르게, 검을 휘둘러 채찍을 잘라버리는 그.

사마령이라고 해서 그냥 있지 않았다.

어느새 바닥에 뒹굴던 마지막 채찍을 빠르게 붙잡더니 흔든 것이다.

촤좍!

섬뜩한 소리와 함께 발목을 노리고 날아드는 채찍에 여유롭게 대처하며 단숨에 품으로 파고드는 태경.

"이젠 그만하자."

귀찮음 가득한 목소리로 그의 검이.

사마령의 심장을 파고든다.

쑤욱-!

벌컥, 벌컥!

생생하게 느껴지는 심장 박동.

하지만 곧 움직이지 않을 것이라 생각하며 검을 뽑으려는 그 순간 태경이 허리를 숙였다.

쫘악!

방금 전까지 머리가 있던 곳으로 날아든 채찍!

언제 날아든 것인지 파악조차 할 수 없었기에 등줄기가 섬뜩해지고.

"크아아악!"

비명을 내지르며 움직이지 않으려는 육신을 붙든 사마령이 고개 숙인 놈의 머리를 향해.

무릎을 차올렸다!

투확!

"컥!"

정확히 놈의 콧잔등을 가격하는 무릎!

충격과 함께 물러서는 놈을 향해 다시 한 번 사마령의 주먹이 날아들고.

쩡!

이번엔 제대로 힘이 실린 주먹에 아찔한 고통과 비릿한 피 맛을 보며 태경이 빠르게 물러선다.

푸확!

심장을 파고들었던 검을 어느새 빼 들고서.

하늘로 솟아오르는 붉은 피.

"이이…."

분노로 붉어진 얼굴의 태경이 다시 한 번 검을 휘두르는 그때.

쩌엉!

콰지지직!

갑작스레 날아든 검을 막아서며 뒤로 튕겨나는 태경.

휘리릭- 퍽!

우우웅!

땅에 박혀든 검이 용음을 토해낸다.

"혈… 룡검…."

눈앞이 가물가물한 그 상황에서 사마령은 보았다.

자신의 앞을 지키고 있는 혈룡검을.

그리고… 곧 무너지는 자신을 받아드는 사내의 따뜻한 품.

"사마령! 정신 차려라! 사마령!"

"주… 공. 주공이십… 니까…."

알면서도 사마령은 물었다.

이젠 앞이 잘 보이지 않고, 입도 잘 벌어지지 않지만 물었다.

"그래! 나다! 정신차려, 이 새끼야!"

"주공… 저… 는 시간… 을 벌었… 임무는… 성공…."

"그래, 성공했다! 그러니까, 정신 차리라고!"

휘의 거친 음색도 이젠.

자장가처럼 들린다.

언제인지 기억조차 나지 않는 부모님의 품처럼 따뜻한 주인의 품.

'아아… 그래. 이 따뜻함이… 날 이끌었… 지.'

툭.

사마령의 고개가 떨어진다.

초인적으로 참고 또 참아 버렸던 그.

그 마지막을 주인인 휘의 품에서 맞이하고 있었다.

아무리 흔들고 욕해도 사마령이 다시 돌아오지 않는다는 것을 알기에. 휘는 그를 조심스럽게 바닥에 내려놓았다.

눈물이 흐르진 않는다.

하지만 마음 깊은 곳에서부터 끓어오르는 것은 있었다.

"네놈… 살아 돌아갈 생각은 버려라!"

쿠오오오!

상상을 초월하는 살기와 기운이 사방을 뒤덮고.

모골이 송연해지는 그 강렬함에 오히려 반대로 태경은 흥분했던 감정을 내려놓을 수 있었다.

'하마터면 임무를 망칠 뻔했군.'

얻어맞았다는 사실에 흥분해서 임무를 잊을 뻔했다.

그랬다면 이 얼마나 망신스러운 일인가.

'먼저 달려온 모양이군.'

저 멀리서 빠르게 접근하고 있는 수많은 기척에 태경은 이제 물러서야 할 때라는 것을 깨달았다.

비록 처음 목표했던 것과 많이 달라지긴 했지만 흥분하는 놈의 모습을 보니 임무는 성공적이었다.

아니, 기대했던 것 이상이었다.

"크아아아!"

비명인지, 기합인지 모를 소리를 내지르며 휘가 단숨에 거리를 좁히며 달려든다.

어느새 그의 손에 쥐어진 혈룡검.

우웅, 웅.

혈룡검 역시 분노한 듯 강한 울음을 토해내고.

붉은 검강이 생성된다.

그에 태경 역시 빠르게 검강을 만들었다.

강기에 대항 할 수 있는 것은 오직 강기 때문이니까.

쩌어어엉!

쩌적! 쩍!

이제까지와 비교 할 수 없는 굉음과 함께 단숨에 사방의 모든 것이 부서져나간다.

강기를 우습게 다루는 초고수들끼리의 싸움.

그 싸움에서 단순히 튕겨 나오는 강기의 파편만으로도 주변 건물을 부수는 것엔 아무런 문제가 없었다.

쩌정!

찌릿, 찌릿!

검이 부딪칠 때마다 온 몸에 전달되는 강렬함에 태경의 몸이 극도의 흥분으로 달아오른다.

'참아라, 참아라! 나는 아직 임무 중이다!'

임무 중이라는 사실을 상기시키며 달아오르는 몸을 어떻게든 식히는 태경.

휘를 흥분시키는 것에 충분하다 못해 넘칠 정도로 성공했다.

이 정도라면 자신의 뒤를 정신없이 쫓을 것이 분명했다.

"흡!"

쩌정!

투확!

검이 부딪치는 순간 강하게 힘을 주어 밀어내는 동시에 발을 들어 휘의 복부를 강하게 후려쳐 거리를 벌리는 태경!

흥분하지 않았다면 결코 당하지 않았을 테지만, 휘 자신조차 감당 할 수 없을 정도로 크게 흥분해 있었다.

"오늘은 여기까지군. 다음에 또 보자고."

"어딜!"

놈의 일방적인 이야기에 크게 흥분한 휘가 움직이려는 그 순간.

피핑-! 핑!

쐐애액!

저 먼 곳에서 이곳을 향해 빠른 속도로 날아드는 뭔가가 있었다.

그것들은 정확히 두 사람의 사이에 박혀들고.

치이익!

"폭…!"

콰콰쾅!

콰앙-!

굉음과 함께 천지가 뒤흔들린다.

"개새끼들이!"

욕설을 하면서도 앞으로 가려는 순간.

피핑! 핑!

몇 개의 화살이 그를 지나쳐 뒤를 향한다.

그것을 확인하는 순간 휘의 신형이 앞이 아닌 뒤를 향해 달리고.

쩌적!

혈룡검이 붉은 선을 허공에 그린다.

순간.

콰쾅! 쾅-!

허공에서 다시 한 번 폭발이 이어졌다.

놈들은 영악하게도 사마령의 시신을 노렸던 것이고, 휘는 그것을 막기 위해 물러설 수밖에 없었다.

으드득!

불의의 일격에.

눈앞에서 놈을 놓쳤다.

사마령을 이렇게 만들어버린 놈을 말이다.

"크아아악!"

쩌저적!

목이 터져라 하늘을 향해 휘가 비명을 내지른다.

반드시 놈의 목을 벨 것을 약속하며.

"주인!"

"주인님…!"

휘의 비명소리에 깜짝 놀라며 현장에 도착한 도마원과 화령이 반듯하게 누워있는 사마령을 보며 얼음처럼 몸을 굳힌다.

그동안 암영들의 희생이 아예 없었던 것은 아니다.

극히 적기는 하지만 분명 암영이 죽는 일이 있었다.

하지만… 하지만 다른 사람도 아니고 오영의 일인인 사마령이 죽을 것이라곤 생각지도 못했다.

누구보다 오래했기에 더욱 그러했다.

장양휘가 꿈꾸는 세상에서도 함께 할 것이라 믿어 의심치 않았기에.

멍하니 사마령을 바라보는 둘.

뒤늦게 도착한 연태수 역시 잠시 멍하니 지켜보다 곧 이를 악물고 다가가 사마령의 시신을 수습했다.

차갑게 식은 그의 몸.

"그래도, 웃으면서 갔네."

마지막 순간 휘의 품에서 눈을 감았기 때문인지.

사마령은 웃고 있었다.

그렇게 사마령의 시신을 수습하는 것을 이를 악물고 지켜보던 휘가 입을 열었다.

"가자. 일단… 녀석의 쉴 곳을 정해주고. 놈의 뒤를 쫓는다. 오늘의 복수는 반드시, 반드시 하고야 말테니."

"존명!"

여전히 무섭도록 강한 기세를 흘리는 휘에게 고개를 숙이며 모두가 자리를 옮긴다.

사마령이 쉴 수 있는 곳으로.

정확히 삼일 뒤.

사황련에 보냈었던 백차강을 비롯한 모든 암영들에게 귀환하고 사마령을 편안한 곳에 뉘었다.

그렇게 모든 준비가 끝났을 때.

암문을 나섰다.

침묵하고 있지만 당장이라도 폭발 할 것 같은 기세의 그들을 보며 휘가 앞장서며 말한다.

"가자."

그 한 마디와 함께 일제히 움직이는 암영들.

그들의 발길이 북쪽으로 향한다.

〈9권에서 계속〉